周鍊霞的诗文影画

刘聪 编

浙江人民美术出版社

再谈周鍊霞

刘 聪

（一）

近些年，读到不少写周鍊霞的文字，大多辗转传抄，人云亦云，无甚新意，有些还以讹传讹。推想原因，恐怕还是材料的缺乏。其实，研究者遇到合适的材料，有时也需要一定的机缘。比如不久前，我见到一批周鍊霞手迹，正待售于坊间，其中一张纸片上写道：

> 姓名周鍊霞。是幼年读书时，父亲取的。据说是用女娲氏鍊石为五色云霞补天的典故。最初是取"补霞"二字，因"补"字声音叫不响，于是就取定为"鍊霞"。
> 号紫宜。因为古旧相传的所谓家族辈分，我是属于"子"字辈的，叫"子宜"，但没有使用。十八岁时教画老师郑壶叟拟定号为"紫宜"，是1926年开始使用的。

> 斋名螺川诗屋。螺川，是江西吉安的地名，也就是我的原籍。大约在1940—1941年间开始使用的。

这是难得一见的女画家对自己名号的解释。"紫宜"是名是字，一直说法纷纭，这次总算是由本人给出了答案。此外，还有一份"简历"，是1962年11月7日申请加入全国美协时本人所书：

> 1917—1922，私塾读书。
> 1923—1926，从郑学画。
> 1927—1931，从蒋学诗文，开始卖画。
> 1932—1933，家庭教师。
> 1934—1937，卖画，参与组织中国女子书画会。
> 1938—1948，卖画及卖诗文，当中学教师、家庭教师授徒。
> 1949—1953，参加上海美协新国画研究会、上海美术工作者讲习班，作品参加历届展出。
> 1954—1955，画出口檀香扇。
> 1956—现在，中国画院画师。

"简历"虽出自本人，与事实也不免稍有出入。比如，周鍊霞"开始卖画"的时间是1926年，而非1927年。证据很多。在1926年《上海画报》第166期上，就刊有"女画家周錬霞女士"的照片，旁附文字云：

> 錬霞周女史，庐陵世家女也，字𡩋，少从郑壶叟习六法，凡花卉、山水、人物、仕女，无不擅长，时贤昌硕、一亭诸老，咸相称许，推为闺阁中后起之秀。今春以索画者众，由壶叟代订润例，以便求者，海上各笺扇庄均代收件，女史现寓海宁路仁寿里第一家。丙寅秋仲南嶜绿芙外史谨识。

这是周錬霞1926年春开始卖画后，当年秋徐晚蘋所撰的推介文字。之后，女画家作画不辍，声誉日起，渐渐成为一名职业画家。在1934年"中国女子书画会"成立后，周錬霞的画名也越来越为海上艺苑所推重。当时，人们收藏女画家的作品，往往是以吴青霞的芦雁、顾青瑶的山水、庞左玉的花卉和周錬霞的仕女，配合成一堂四条屏。从时俗的爱好中，我们不难看出，周錬霞以擅画仕女人物而闻名。（艺徒《周錬霞求逸反劳》，载《海报》1942年9月22日。）

在学画之初，周錬霞曾受郑壶叟的指导，从改七芗、费晓楼入手，临摹的仕女艳而不俗。20世纪40年代，周錬霞画艺渐趋成熟，她的作品既能迎合上海市民阶层的趣味，也未失传统文人画的底色，故越来越受到市场的追捧。当时，因求画者众，周錬霞在多次上调润例后，仍旧应接不暇。如1945年7月29日《海报》载，周錬霞画扇润例，"人物仕女"

尚为"三万六千元";而12天后的《新闻报》上,周氏润例已重订为"人物八万"与"仕女十万"了。在物资紧缺与通货膨胀的年代里,甚至有求画者扛来两担白米只为请周錬霞画一扇面的新闻。(青青《周錬霞一扇两担米》,载《力报》1945年7月21日。)

20世纪50年代后,周錬霞的仕女画愈加富丽精工,人物姿态绰约、气象雍容,往往还饱含诗意,可谓脱尽了改费一派的窠臼,形成了自己的风格。1956年上海中国画院成立时,周錬霞在众多男女画师中,更被评为"仕女副甲"与"诗词甲等"。(据邢建榕《黄浦的夕潮》,当时"仕女"仅郑慕康一人被评为"甲等",而同样擅长仕女和诗词的陈小翠,则被评为"仕女乙等"与"诗词乙等"。)其实,从20世纪50年代开始,周錬霞所画人物已不再局限于传统的仕女闺秀,她常常会选择在历史中曾经产生过重要影响的杰出女性——女外交家冯嫽、女史学家班昭、女文学家蔡文姬、女皇武则天、女词人李清照……这固然有受当时"新国画改造运动"的影响,但同时也是周錬霞自身强烈的"女性意识"的流露与体现。

(二)

作为卓有成就的女画家,周錬霞在"简历"中,还不忘提及自己"学诗文""卖诗文"的经历。这似乎也在提醒我们，她的诗词，同样吐属不凡，与画作相得益彰，久为诗坛耆宿所推许。而她的散文，无论数量还是质量，在当时的女画家中也都是首屈一指的。不过，今天周鍊霞的文名又已被画名和诗名所掩，这或许也与她的散文集迟迟未能出版有关。

早在20世纪20年代末，周鍊霞就在《邮声》和《礼拜六》上发表新诗、小说和散文，虽然初试身手，但字里行间无不透露出她灵动的才气。20世纪30年代末，周鍊霞迎来创作的高峰期。当时，她在《社会日报》上连载《金闺画碟》和《幼之年》，广受好评。《幼之年》是作者回忆幼年时寄寓湖南的生活趣事和民国初迁居上海的所见所闻。《金闺画碟》则为女画家自述身边故事，内容多涉及艺坛师友与小报文人，如顾青瑶、邓散木、若瓢、陈小翠、丁慕琴、白蕉、唐大郎、卢溢芳、陈灵犀等等。文字俏皮活泼，风格爽朗诙谐。20世纪40年代中后期，周鍊霞又在《海报》《正报》《沪报》上连载《非日记》和《螺川小品》，为抗战胜利前后的生活留下了珍贵记录，从中也可窥见女画家与周瘦鹃、陈定山、唐云、钱瘦铁、符铁年、贺天健、张大千、梁俊青、吴曼青等人的交往。之后，作者又有《玉兰砚墨》《螺川黛笔》等专栏发表于《铁报》《亦报》《大报》，述说日常琐事，下笔仍不失风趣。

周鍊霞的散文和她的仕女画一样，在当时广受欢迎。今日重读，我们在叹佩作者淋漓的才气和幽默的态度外，也不必讳言，有些文章调侃戏谑，内容不免较为俗下，但这恰恰是海派小报文化的真实风貌。可以说，周鍊霞为人不庄不佻，为文亦俗亦雅，这也正是周氏为人的风格与为文的特色。此外，由于颇具旧学素养，周鍊霞的文章多是用文言来写作的。但无论文言白话，文字中的诙谐风趣则是一以贯之的。

另外需要指出的是，周鍊霞的文章，始终都充满对女性问题的关注与思考。比如，针对传统礼教对女子的压制，她不无调侃地说："颇恨周公制礼，周婆不与争权，否则当不致如此偏倚而压迫女性，使止知生而愿为之'有家'，不复知有社会，更不知有国矣。试观节孝坊何其多，而爱国者何其少……社会既以男性为中心，女性皆成附属，甚至成奴役……"对拜女人为师，她对不以为然者说："不见王右军且学书于卫夫人乎？岂必夫子可化三千，夫人便不足为人师表欤……"当画友鲍亚晖抱怨婚姻的苦闷时，她又安慰道："先生对太太忠实，能与合作，当然是幸福的，否则，也算不了什么不得了的悲哀。结婚，只是人生一小部分，并不是整个的人生，何况人有'五伦'，除却这一伦，还有其余的四伦。如果你能投身社会，那还有广大的群众呢，你的人生，决不会寂寞，更不会苦闷……"可以说，在中国女性身上的枷锁还未能尽除的今天，我们重读周鍊霞七八十年前的这些文字，仍觉有醒聩震聋之效。

（三）

从《幼之年》《金闺画碟》《非日记》和《螺川小品》中，周鍊霞20世纪50年代前的人生轨迹，是不难做一番钩沉和梳理的。而20世纪50年代后，上海《新民报晚刊》和香港《大公报》上，也还可以零星读到女画家的文字。20世纪60年代后，周鍊霞渐渐沉寂于文坛，在那一段风雨飘摇的岁月中，女画家的人生境况究竟如何？过去，我们始终找不到可靠的材料。比如1975年香港《万象》上，有一篇《金闺国士周鍊霞》就说：

> 这些年来，鍊师娘在上海的生活情况，只能从各方面简介获悉一二。据说：初时她曾在上海近郊的益丰搪瓷厂，为搪瓷盘画些图案，以维生计。后来，曾有人看到她在上海的"外滩公园"作拔草劳动；又一度"下放"到南汇农场；有一次在返沪途中，从卡车上滑下，跌伤了腿。伤愈后，乃得进入"画院"，作了"院士"，每周要缴画数幅……作为外销之用。

这些传闻，终属耳食之谈，不足为凭，那真实情况又究竟如何呢？就在不久前坊间待售的那批周鍊霞手迹中，还有厚厚一撂20世纪60年代的"思想报告"，正是周鍊霞参加劳动改造时所写的日记。先看看1968年9月27日：

前天下午，参加大扫除会议室的劳动。我抓到抹布就去揩拭向内一带的窗盎……再和叶露园合揩了一只旗架，然后把向外的一带窗盎揩了……又将抹布伸进里面水汀的地下，弯来弯去地揩出了灰尘和垃圾，朱屺瞻来帮同收拾的。最后才把钢窗格子下面的一段揩干净……后来潘志云召开了小会，说：组织上曾来检查过清洁，认为窗盎和椅子，没有揩干净，这样劳动的态度不好……窗盎是我揩的。不干净应归我负责作检查……主要是认真地重视劳动的目的——是为可改造自己的思想和世界观，不是单纯的劳动……

再看看1969年9月15日：

今天到画院劳动，我们三个女的，安排打扫园地和整理花木。先将几棵未修好的迎春都修过之后，就来搞那横出到石板路上妨碍交通的剑麻。它是名副其实像剑一样坚韧尖锐，要刺痛手的……老贾同志把它移种在围墙下面，可以防止顽皮小孩跳墙……那些挖下的剑麻，本来是废物，改造成有防卫作用的，而不被烧掉了。联想到自己，也像这些剑麻，犯了罪是妨碍社会主义前进的障碍物……本来就是废物了，而且有毒，是势必烧掉,但……没有抛弃我,而是给我改造的机会……

除在画院劳动外,还有不少"下厂下乡"的劳动,周錬霞也留下了珍贵的笔墨,比如1969年9月25日:

> 今天到革命药厂,厂门外又有新送来的煤,堆到马路当中,必须搬开……三四个人在厂外装车推进来,我和陈佩秋在厂内将倒下的煤,铲起来堆向高处。但我们二人铲起了都抛不远,效果很低,速度也赶不上……工人老师傅就来教我们怎样铲怎样抛向高处,并动手表演给我们看,又叫我们照样做,纠正姿势手法。果然,学习了方法就轻快得多。丰子恺、朱屺瞻从食堂下来,也来帮忙……今天劳动强度高,精神却很舒畅,接受工人阶级的监督和教育就是好……今天我这个罪人,要求脱胎换骨地改造,就必须更认真地学习……

这些"触及灵魂"的"思想报告",或许才是这批手迹中最有价值的部分。不必多作征引,我们已能从周錬霞自己的文字中,真切地看到她彼时的人生境况。想想女画家一支生花妙笔,当年竟用来写这些"思想报告",实在令人惋惜不已。

（四）

合上这一摞厚厚的材料，再翻开民国时的上海小报，我们更能感受到作者当年文字之可贵。那些一挥而就的小品文，虽未经雕琢，却嬉笑怒骂，率真自由。文章中，涉及友朋交游的内容最多，也最有意思，有不少和今天拍卖会上的拍品还能相互印证。这里不妨再举一个例子。

十年前，在《一生无计出情关》（收入《无灯无月两心知》）中，我讲述过周鍊霞和宋训伦的故事。2018年广东崇正拍场上出现的《周鍊霞影集》，正是宋训伦的旧藏。相册中一百多张周鍊霞照片，再一次呈现了半个多世纪前女画家的翩翩丽影。而对周鍊霞痴情一生的宋训伦，在相册的扉页上，还题写了十首《戊寅杂诗》。其中一首云："卿为牧竖我牛羊，冷语寒如六月霜。果有性灵存隔世，敢辞鞭挞一生尝。"

按小诗背后，有本事存焉。1938年，宋训伦和周鍊霞曾就女性问题展开论战，论战中充满浓浓的火药味。但在二人相识后，宋训伦却为周鍊霞的风采所倾倒。当时，周鍊霞"罗敷已嫁"，宋训伦自知今生无分，便自号"修来生龛"，希望能与周鍊霞结来生之缘分。或许，那时周鍊霞余怒未消，在一篇文章中她又调侃道："彼玉面狐狸……实为女界之公敌……至谓修来世相逢，则愿罚彼及如彼之男子，尽为牛羊，凡我可怜之女子，皆为牧者，日供鞭笞，方称快意焉！"（《话词 下》，载《社会日报》1938年12月6日。）这不过是论战之余的玩笑话，但在宋训伦心中却留下了深深的印记。以致六十年后，重值戊寅（1998），宋训伦回首往事，怅触千端，他翻开相册，题下诗句"果有性灵存隔世，敢辞鞭挞一生尝"，既是对周𬭁霞六十年前文章的回应，也是对他和周𬭁霞因笔战而相识满一个甲子的纪念。

2018年拍场上的《周𬭁霞影集》，并非从宋训伦家中流出，而是由平初霞（周𬭁霞的学生）伉俪提供。既然1998年题写了《戊寅杂诗》，那说明相册当时还在宋训伦手里。很可能是2000年后，听到周𬭁霞去世的消息，宋训伦伤心欲绝，因怕睹物思人，才将相册送与平初霞。而有意思的是，2018年的拍卖，相册又由宋训伦的公子宋绪康先生买回。（宋训伦已于2010年辞世。）据说，宋家人此前也并不知道有这本相册的存在。或许，曾经夜深人寂之时，宋训伦才会悄悄取出相册，来翻看久藏于心底的秘密。今天，《周𬭁霞影集》能重回宋家，由宋绪康先生珍重护持，可以说是它最好的归宿。

（五）

去年，周𬭁霞的孙女徐汪玚女士和我闲谈，又说起了这本相册，她直夸赞"宋老先生把相片收藏得真好"，并希望"有机会去台湾拜访一下宋公子,看看原版相册"……或许,相册的话题触发了她对祖母的思念,徐女士又告诉我,她还希望能读读周鍊霞的《幼之年》,看看"奶奶回忆童年时,许多精彩、好笑的故事"。

确实,周鍊霞的文章里有那么多"精彩、好笑的故事",早应该出一本选集。去年秋天,半亩方塘主人又买到1929年初版的《影画集》,这是周鍊霞、徐晚蘋共同编选的一本摄影与绘画合集,极为珍罕。在与徐汪玚女士商量后,我决定将周鍊霞的散文、诗词与画作、照片合编为一本小书,以飨更多的读者。

书分三编。上编"散文萃编",除选录《幼之年》《金闺画碟》《非日记》《螺川小品》外,另从各报刊中辑出若干,以"艺余闲话"为名。中编"诗词辑补",收入《无灯无月两心知》出版后,陆续新发现的周鍊霞诗词。下编"影画留痕",选收周鍊霞画作(以仕女为主)与照片若干,并以半亩方塘主人所藏《影画集》附后。只可惜女画家有不少精品尚分藏于公私各处,一时无法收入书中。

本书之成,除要感谢徐汪玚女士与半亩方塘主人外,还应感谢宋绪康先生,他同意将《周鍊霞影集》中的照片选入书中。(照片则由广东崇正拍卖公司戴新伟兄提供。)今天,周鍊霞的诗、文、影、画终于能荟萃一编,使读者得以全面领略女画家的风姿与文采。仿佛间,我们也回到了20世纪40年代旧上海的那些文艺沙龙里,看周錬霞当众泼墨挥毫,听她咳珠唾玉,和朋友们开玩笑。

2022年3月11日于柏叶小筑

目　录

1　再谈周鍊霞

散文萃编

幼之年

003　开　端
003　帮过年忙
005　糖
006　报　复
007　戏　师
008　腐　乳
008　画
010　鞋　谐
011　刘师奶
012　金石脑壳
013　一度离湘
014　船　中
016　险　矣
017　铜　元
018　观　剧
019　煨　芋
019　《西游记》
020　属　对

- 021 水木匠
- 022 诗　钟
- 022 荒　谬
- 023 写　联
- 024 失　火
- 025 射　蝇
- 025 风俗谈

金闺画碟

- 028 萄瑶瓢
- 029 兴到为之
- 031 一圆三跳
- 033 艳丽清新
- 034 君子小人
- 034 不敢当
- 035 忽着篙
- 037 爷
- 037 无心之过
- 038 两表四脚
- 039 十七字诗
- 040 加胡椒
- 041 雅　疗
- 042 祀　灶
- 043 同　音

非日记

- 046 香雪园联
- 048 一龛红豆佛相思
- 051 "杜米夫子"光降
- 052 "淋漓痛快"结良缘

054　快乐的心情
056　银灯开遍太平花
058　"赤"老的梦

螺川小品

062　砚
064　记天健诗画
065　八哥九歌
066　暂抛十斛尘，偷得半日雅
068　撞车记
074　丹青手即回春手，画士原来是大夫

艺余闲话

076　对于书画的旨趣
078　推敲小记
079　话　词
083　独见白蕉于云间
084　观联合油画展览会书后
086　庞左玉念萱画展
087　记四家书画展
088　"兒"字的笑话
089　诗　债
091　慰大姊

诗词辑补

095　鹊桥仙　填词题陈伯仁先生杏梅图
095　一剪梅
096　荆州亭
096　忆江南

- 097 月　夜
- 097 摸鱼儿　读《春波影》倚声题此
- 098 自题画柳
- 098 新　月
- 099 临江仙
- 099 鹧鸪天　题冯文凤女士玉影
- 099 春日杂咏
- 100 春　雨
- 101 菩萨蛮
- 101 斑园即事
- 102 献子被兵祸来申家人离散痛哭不已诗以慰之
- 102 即席口占
- 103 金缕曲
- 104 调唐大郎
- 104 赠金素琴
- 105 为梅艳画梅
- 106 一剪梅　赠吾家梅艳
- 106 貂蝉席上打油纪趣
- 107 题赠郑明明
- 108 花木兰歌
- 109 浣溪沙
- 110 待秋风
- 110 白芍药顽石
- 110 菩萨蛮
- 111 题梅松图
- 111 双　雏
- 111 松梅绶带
- 112 即　事
- 113 葡萄图为恒顺酱醋厂作
- 113 题知止画史

114　题郎静山先生摄影于云桐书屋
115　停云楼上作
115　题仕女图
116　题丹桂仕女图
116　赠王玉蓉
117　寿吴青霞
117　解放前后曲　应变
118　解放前后曲　听炮　民夫费
118　解放前后曲　五月二十四日
119　解放前后曲　解放日
119　解放前后曲　银元禁
120　防　　疫
121　解放前后曲　人民券　折实存款
121　题孟絜夫人江山无尽图卷
122　鹧鸪天　题《绿遍池塘草》图画册
122　题施畹秋墓碑二首
123　清平乐
123　题梧桐蝉栖图
124　乙未上元会饮联句
124　清平乐　熏炉
126　南乡子　羊毛衫
126　虞山绝句　桃源涧采赭石
127　虞山绝句　兴福寺
128　虞山绝句　舟泊烧香浜
128　虞山绝句　上山
129　虞山绝句　剑门
130　虞山绝句　馒首
130　虞山绝句　采笔
131　虞山绝句　下山
131　虞山绝句　雪中归车

- 132 虞山绝句 车中侠臣以烟斗属赋
- 133 题还轩词存
- 133 题市区三化图
- 134 题蔬笋樱桃图
- 134 醉花阴
- 135 题潘静淑绘绿萼梅吴湖帆补红梅
- 135 题长风公园写生
- 136 题人工降雨图
- 136 菩萨蛮
- 137 丙辰人日兼庐雅集和主人韵
- 137 再叠前韵为主人寿
- 138 叔子将归合肥有诗见贻三叠前韵酬之
- 138 意有未尽四叠前韵
- 139 蚕豆油菜花
- 139 水仙二首
- 139 题　画
- 140 清平乐
- 140 题天女散花图
- 141 洞仙歌
- 143 咏光用一七体
- 144 单调采桑子
- 145 冯嫽出使图
- 145 酬周采泉

影画留痕

- 148 画　作
- 174 影　像
- 195 影画集

散文萃编

幼之年

开 端

春风无恙,重到人间,才饮屠苏,又过闹灯时节,见街头兔子灯,依旧年时模样。吁!儿情如昨,回首全非,欢笑已遥,光阴可讶,高堂明镜,能不生悲?第此际拈毫,犹觉天真之回忆,直可贱却黄金,虽无补于破碎河山,徒记此零星影事也。今春写此,留待他年,则我"最后胜利"之时,回忆此情此景,更当浮大白无算矣。

帮过年忙

余六岁时,寄寓湘江,向例年底,必有亲友数十,来帮过年忙。(其实贫寒者,借此过年,美其名曰帮忙也。)如敲锣鼓、接财神、请春酒等,皆不足记;可记者,惟正月十二至十七此五日中事。事先,扎龙灯九节,节凡三尺,又一朱球,皆燃以烛。夜间,帮忙者持灯奏乐行于市,□有迎之者,彼侪便可获利。此日吾家悬灯结彩,中庭设香案,案旁置二巨篓贮烛殆满，又四案陈果食、茶烟、槟榔等（湘人之槟榔，如沪人之纸烟，为极普遍之食物）。轿厅亦如之，两廊列鼓乐，三进中门，一齐开敞。（平时开两旁之门，中门恰如屏风。）彼时礼教綦严，内言不出阃，外言不入阃，独灯节有口，金吾不禁，婢媪得自由出入。余母率诸姨，珠围翠绕，蓝袄红裙，至次堂观赏。遇客灯[①]行过，门前燃爆竹以示欢迎，并奏乐，于是群灯鱼串入，聚以庭心，作各种游戏毕，戏灯者就案进茶果，并掉烛，领年喜[②]，两廊奏乐，燃爆竹送之。又有"麒麟送子灯"，系稚童化妆如舞台上小太子，扎麒麟灯于身，鼓乐拥簇而行。余母恒迎至内堂，令童子坐床上，卸冠于枕，然后摘一绒球怀之，谓可得子，实则从未梦兆熊罴。至十五晚，为闹"元宵"，轿厅壁间及廊下悬明角灯，粘灯谜条无数，任人猜射，中者奖以文房四宝。当时，余幼而无知，只见许多长袍马褂者，大踱其方步耳。至十二时，撤灯迷，食元宵团，饮酒，帮忙者舞龙烛于庭院，又复穿堂过户，鼓乐与爆竹齐鸣，如是喧阗，达旦始已。十六七两晚亦如十三四。至十八日中午，除款帮忙者以丰盛酒肴外，更每人赠年喜一包，于是帮忙者欢呼称谢而去。

（《社会日报》1939.3.16）

①作者自注："客灯，即人家所出之灯也。"
②作者自注："年喜，即红纸包钱也。"

糖

表兄萧达生，长余十岁，来乞谋职业，余父①怜其孤，馆之。一日贷余母千钱，半月来还，母不受，萧置钱桌上而出，母命余赍之，并谓："萧贫甚，此戋戋者，不必归赵。"余持钱面萧，告以母言，萧不欲，续曰："即赠汝市糖果可耳。"余大喜，时方嗜寸金糖，铜元一枚，可易其十。余怀此百枚铜元，得糖一大包，藏于书案抽屉中，读书游戏，二日来竟忘取食。案旁有火盆，兽炭熊熊，御春寒也，而糖受热气，熔结成块。至第三日下课后，始忆及之，取视颇讶其有异状，复念鱼有鱼冻，肉有肉冻，此必为"糖冻"无疑。时火盆已移入老师卧室，只得取铜脚炉，覆以素巾，置糖烘之，欲解冻而后食也。适闻母唤，匆匆至后堂，则令余试新鞋。时袁项城提倡天足，余父禁缠裹，而母则爱金莲，因不敢违父意，制鞋特小，着之难行。母则曳余走庭除，谓多走即可。余亦恐将来足大如船，遂强忍。待跚蹒至书斋，则糖已化成流质，泛滥于椅案地上，不可收拾矣！余只得出邀二同学（余家延师，邻近童稚多来寄读），慷慨分食，会助余拭去糖迹，初以碎纸，继以湿布，历一小时始已。次日，老师临池，洗笔后，取篦中碎纸拭墨渍，则糖中芝麻粘于笔

---

①周錬霞父即周寿祺，字鹤年，江西吉安人，清末举人，当时因候补长沙知府，故举家寄寓湖南。

端，黑色羊毫着四五白点。老师见而大异，急取老花眼镜，就太阳光中细加研究焉，余与二同学均笑不可仰。

（《社会日报》1939.3.17）

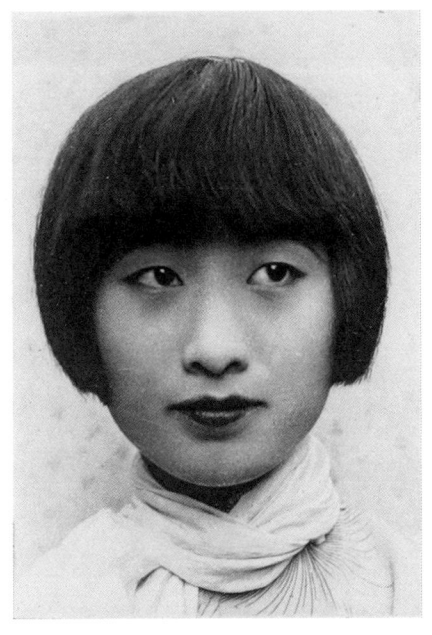

周鍊霞「幼之年」

报　复

　　族兄行九，体奇肥，为吾家司出纳，呼曰"胖九哥"，喜收集香烟画片，及皮丝烟商标。一夕被余搜得，九欲夺还，致被撕破。九骂曰："小妮子，若是顽皮，将来嫁婿，不为跷脚，定为瞎眼！"余虽不审婿者为何，而知"跷脚""瞎眼"皆恶意名词，遂取方砚击之，不中，反被其双手捉余腾空，致力无可施，乃两足乱踢，伤及其齿，有血殷然。九大怒，击余一掌，悻悻而出；余亦怒，而思有以"报复"，竟将痰盂倾其床上以泄愤，致被褥间烟屑黄痰，淋漓尽致，余乃返室就寝。俄而，遥闻九已归来，正兴高采烈，大唱京腔，忽怪吼一声，继以恶骂。余初闻甚喜，继闻则怒，如闻九骂"小鬼"，余则戟指报曰"胖鬼"。顾声细如蚊，戟指亦无人见，然犹骂之不已，直至不闻九声，始如阿Q式精神胜利而入睡乡。

（《社会日报》1939.3.21）

戏 师

湘地多蛇，春夏间蜿蜒于庭心檐际，家人习见，虽不敢撄，亦不以为异也。某日，老师患目疾，敷药物包扎而寝。清晨，余往厨下，窃一黄鳝，潜至老师室中，置其床头之布袜中，余嬉于室外。有顷，闻师唤仆取面水，知其升帐，窃喜前日"一记戒尺"之仇可以报矣。果然闻其气急败坏，大呼有蛇。仆至，余亦随之，则见师浑身战栗，赤足立床上，布袜已抛出丈外。师告仆袜中有蛇,仆亦骇,去灶下取火钳,提袜尖倾动,所谓蛇者,落地蠕蠕。仆细察,知为黄鳝,亦不禁失笑。师闻而怒,欲究谁为恶作剧者,余已如一缕烟而遁之矣。

(《社会日报》1939.3.24)

腐　乳

小婢莲喜,与绣花佣同榻,榻旁有长桌,桌下置瓦坛二,一贮菜干,一贮臭腐乳。一日薄暮,莲喜取菜干,见余在,即分一碟,余食而甘之,旋复自取。不料误探腐乳,致满手淋漓,尽是臭汁,乃顺手就床头帐幅揩拭。晚间彼二人归寝,绣花佣甫着枕,便闻臭味,以为莲喜泄气,责其不顾公德。莲喜力辩其无,争论多时,几至动武。

(《社会日报》1939.3.25)

画

淫雨连朝,豁然晴朗,庭心移去盆花,就架上搁长板以晒书画。余每羡椿萱堂上,满布图书,转视己室,有四壁萧然之叹。是日午饭时,行过庭心,竟潜取两画轴,拟自为壁饰,奈人短画长,无能悬挂,乃取利剪,将画中人剪下,粘贴壁间,自顾乐甚。多余之画纸,则携出赠与莲喜,莲将其剪成细丝,裹以钱,系以线,而为纸毽子二个,余得其一。携至书斋,未及课毕,即被传入后堂,则见莲喜跪地面目红肿,涕泗交流,古色古香之纸毽,亦被拆撒,抛于膝旁。吾父方盛怒,执竹鞭指地上曰:"此纸毽是否尔所赠与?"余不知父何以一怒至此,或误疑莲喜窃余纸毽,故怒而答之耶?因出怀中另一纸毽,笑颜告以故,又曳父袖至己室,指壁间与视,并由椅登桌,表演当时悬挂为难,而出于一剪……余未毕辞,父已顿足连呼负负,谓一为改七芗《半身仕女》,一为唐六如《袁安卧雪图》,均极名贵而价值连城。余闻而瞠目,顾细视壁间,又不以父言为可信。谓如此人像,亦不过耳目口鼻,人人得而画之,有何难能可贵?父怒极欲捆余,幸母劝止,乃罚余画人像。初以"文昌帝君像"为蓝本,画至上灯时,尚无一是处,致晚膳亦不得食,斯时始悔不应吹法螺。父数数来催,余犹不肯认过,答以"人多难画,倘如改、唐之单独人像,自较易易"。盖文昌帝外,尚有天聋、地哑、魁星等神也。父遂取《百美图》,随手翻得西施,示余曰:"此单独美人,只须画一半身,如再不获肖,挞汝不赦!"余默然受命,凡六易其纸,始成一图,自视颇佳,实则吊眼歪唇,发如乱草,漫言唐突西施,恐东施亦无若是之丑也。顾自知技穷于此，只得勉强交卷，而吾父见之，亦不禁破颜笑，怒气全消。

（《社会日报》1939.3.26）

鞋　谐

天中节，萧达生来送节礼，饭于吾家。午后吾父外出，母与诸姨作方城戏，仆役均去河干看"赛龙舟"。萧嘱余取女佣旧花鞋一双，余从之，则见萧持鞋入老章之室，室中绝无点尘，瓶供榴花蒲叶，地板清洁异常，以素不喜他人践踏也。老章虽一厨司，平居颇好修饰，而最可笑者，本不识字，偏常假作看书。或笑之，则怒吼如牛，以吾父宠其调味术精，他仆亦未敢与抗。是日萧将女鞋置床前地上，复将老章旧鞋曳出，使成并列，然后放下帐门，又令余退，闭其扉，从窗中跃出，复闭其窗，而偕余次堂踢球，一小时后，又嬉于过庭。所谓过庭，即中堂与轿厅之交界，意谓由轿厅登堂，必需经过之庭也，于此可见轿厅，亦可见老章之室。俄而，一仆返，见章室昼闭，即高呼"老章"，又探首晶窗，复弯腰门畔，作倾听状。斯时挑水佣[①]归，睹状大异，仆摇

[①]作者自注："彼时无自来水，家家雇佣，专往河干挑水者。"

手指室门，又指窗示意，佣视已，亦至门畔倾听，则老章与轿夫均返，二人相视愕然。章视察后，不禁大怒举老拳挝门如挝鼓，并申申辱骂，盖有一老曾与其不睦，乃疑老曾故意触其霉头也。正喧扰间，老曾亦来，至此又疑及他仆，怒不可遏，举足踢门，数踢而门辟。章乃摩拳擦掌，众亦随入，但闻章怪叫一声，继以哄然大笑。

（《社会日报》1939.3.27）

刘师奶

刘师奶者，为吾父旧日幕僚之妻也。其躯大而无道，不中绳墨，裙下双翘，却瘦削如秋莲瓣，面有花纹，以脂肪多，只见圆圈，不见凹点。或对面称其发福，则嫣然一笑，花面生波，有若春水池塘，浮萍荡漾。或赞其金莲，则双足左右屈，又俯首反顾鞋帮，如花旦之台步。独余见其姗姗来迟，不胜岌岌殆哉之感，常为其小足危也。一日，吾母诞辰，来戚眷甚夥，有留宿者据余榻，余乃与刘同眠。天甫明，余开眼即见生尘罗袜，浑疑新月双弯，忽然心存恻隐，大发慈悲，不惮烦轻卸其袜，又解脚带。刘觉，问余何为，答曰："欲汝足如汝面之发福耳。"初以为彼或嫣然，讵竟怫然，且立将脚带缠好，一言不发，掉转头来与余并枕。斯时，则见其盘龙鬓髻旁着细小之挖耳金针，使余忆及吾父理发时之一幕：当发匠除耳粪，左耳则左腮牵动，左目开合不定，右耳亦如之；发匠则聚精会神，目不转瞬，亦若耳中有无穷奥妙者，余屡欲一窥，辄被叱不许近……余既见髻旁金针，以为机会难逢，正可一窥"耳奥"，于是不暇思索，坐起半身，拔金针为刘挖耳矣。刘醒，夺去金针，捉余入被，而以面向余，不一刻，已鼻息雷鸣，冲及余面，颇觉其吹气不能如兰，徒增人厌，乃随手将垫褥棉絮扯下，搓成二小粒，塞其鼻中。至是，刘遂大恼，旋迁其笨重之体，似卡车调头，惟双足拳曲，使余不复见矣。

(《社会日报》1939.3.28)

金石脑壳

湘人呼"头"曰"脑壳"，有一时期，曾盛行"金石脑壳"，理发所无不倚为号召，其锋头之健，诚不亚沪地之"飞机头"。六街来往，大都半山濯濯，顶上如舍利放光，天寒不冠，将生姜煨熟擦头皮，使其发烧而与冷风相抗，尤以少年及童子为多。当时余犹作男子装，吾父召发匠，命为余剃"金石脑壳"。余欣然诺，涂皂水已，方去左鬓，吾母忽来力阻，谓如此实类比丘，余趋镜自顾，亦觉厥状奇恶，遂附母议。父则坚执己见。余已抱头遁入内室，以绣衾蒙首卧，旋闻母唤，捉余腕至中庭，令匠更去右鬓，留短发一围，如画中之琴童，却少一双丫髻，于是成半个"金石脑壳"矣。

（《社会日报》1939.3.30）

一度离湘

云南起义，湘桂首先响应，一时风声鹤唳，草木皆兵，自命有身家者，率皆迁避。遥传"兵来"，吾家女眷咸避入贴邻彭子笏君新屋中，屋甫落成，油漆犹未干也。余虽七龄①，殊不谙刀兵之祸，惟见家人惶急，乃不敢多言。二姨娘且抱五龄弱弟②，泣不成声。刘师奶面发青灰，倘色彩更浓，当与胡琴上蛇皮相差无几。右手提一布囊，贮其全部财产，约银饼四五十元，顾心悸而手乃大颤，囊中银铮铮而鸣，加以空屋回音，竟成特响。吾母夺其囊，责之曰："此何时也？汝犹炫汝多金耶？"刘苦颜颤声曰："不知何故，

---

①云南起义在1915年，故周鍊霞所谓"七龄"，实是以1909年为生年计算，而非其实际出生的1906年。周鍊霞结婚前，曾按彼时丈夫年龄宜略大于妻子的习俗，将年龄隐瞒了3岁，事见茅子良《周鍊霞生卒年的订正》。

②周鍊霞弟即周佛农，喜绘山水，后亦随周鍊霞从郑壶叟习画。

我手固不欲动，而银偏不我谅，故故作声。"余睹其滑稽情态，不禁嗤然一笑。母急掩余口，领余登楼，由晒台越下屋顶（当时湘地晒台，皆以木料建于屋顶上），将首饰及贵重物件，藏于瓦下，复将左侧一瓦翻转，以为标记。既毕，下楼则闻门外呜呜军号，一片歌声，雄壮激昂，动人心魄，约三刻钟始渐渺。无何，闻吾父叩门声，率余等返家，谓革命军过境，秋毫无犯，可以安居。讵不数日，附近官钱局及杨振兴银楼均被抢劫，盖秩序未定，宵小乘机捣乱也。吾父恐遭波及，遂拟迁地为良，旋以母病不果，迨病愈，已是次年春半。因亲朋大都离湘，索居殊感岑寂，于是遣散仆役，留刘师奶夫妇与旧属员邱某及其妻母等守屋，轻车减从，乘航作海上行。居沪半载余，以衣服器用均不足，诸姨多水土不服，疾病丛生，终于岭梅初放时，依旧南旋。

（《社会日报》1939.3.31）

船 中

唐诗"二月春风似剪刀"，殆指郊外之春风，二月已剪开千红万紫。而城市之春，来时若较缓，虽近花朝，春阴犹作护花之梦也。吾家整顿行装，又作南下计，此番除尽多携带用品，召回一部分仆役外，更带"灶心土"①一大包，及教读师一位。濒行，吾母对庭花忽生恋恋，折一枝插余襟上，然后锁门登轿。余虽幼，而回顾重门，亦不胜其惘惘，似觉从此，"小桃开了，没个人知"②矣！

轮船已忘其名，惟记饭厅中见桅杆，桅非直，而略带欹斜。乘客异常拥挤，两旁甲板上，席地者殆满，如一幅流民图，上覆帆布篷，庶免风露。闻若辈只购铺位，无舱票云。余常自船首至船尾，遍走浏览，一日误入船主室，虽初见西人，并不畏缩。彼飨余饼干，余颇讶其黄鬓浓而且整，初疑伪饰，细视又非是，乃以为如妇人涂脂，此须或赭黄所染欤？因就其写字台，蘸盂水少许，拟拭其须，彼不解何意，握余手近唇，余忽大骇，疑其噬余手指，急急遁出。

回至舱中，立沙发上倚窗闲眺，见窗下二尼，一老一少，正闭目诵经，窗脚有酱菜小坛，不知有意抑无意而敞其盖。时余食甘草橄榄，吐核入坛，一吐即中，如射箭中的，大感兴趣，遂再食再吐，如是者凡十余次，橄榄已罄。午饭毕，余立窗前，见船役携箩饭来，众人持碗自取，二尼亦与焉。对坐且食且话，老尼下箸坛中，得一核犹未自觉，送入口中，忽皱眉吐出，少尼亦得一核，相与大异，举坛审视，则垒垒者皆核也。仰视见余笑，知余所为，尼问余："曾食肉否？"余不解所谓，反问："食肉如何？未食肉又如何？"

---

①作者自注："灶心土，专医水土不服。"
②黄仲则《丑奴儿慢》："小桃放了，没个人知。"周錬霞误记一字。

答曰："我辈出家人，不可近肉食。"余思顷间午餐，确曾食肉，即答以："已食肉矣。"二尼乃大念其"阿弥陀佛"。老尼又取水漱口，漱之不已，念之不已。

（《社会日报》1939.4.1）

险　矣

轮过洞庭湖，忽遇大雨，遥见湖中一砣，高与云连，若理发所门首之标识，旋旋而动，远远而来，惊涛起处，覆舟如叶。轮上帆布篷，被风卷作蝴蝶舞，铁栏杆弯曲如面条，甲板上人早已拥入饭厅。忽闻暴雷，继则倾盆大雨，轮身漩卷特甚，一时秩序大乱，喊哭之声振耳。不知何处传言，谓右侧进水三尺，又不知何人号令，所有船员乘客尽趋左侧。饭厅中人，均冒雨伏甲板上；中西船员，往来搬运机件及皮带等。斯时轮身忽如大摇篮左右摇晃，诸姨跌扑壁隅，未敢少动，母则卧床中，吾父坐地上，面色苍白，拥余于怀，空气极度紧张，亦极度肃穆，惟闻雷声、雨声、风声、水声与机件声而已。历廿余分钟，风雨渐小，摇晃亦渐平，饭厅中人声鼎沸矣。父携余出视，则冒雨者淋漓尽致，狼狈不堪，老弱瑟瑟寒栗，父急取行囊中痧药丸令彼等吞服，母出旧衣令女子入舱更换，他人亦有施赠人丹衣物者。风雨同舟，陌路尽如手足，信矣夫！患难中始见人类之真性情。抵沪后，闻该轮由沪驶湘，中途失事，竟遭沉溺。是余一家与同舟者，亦云险矣。

（《社会日报》1939.4.3）

铜　元

抵沪后，赁屋三楹，余与母居东楼，弟与姨娘居西楼，吾父则居中楼。楼窗之下，书案之上，有贮印章之紫檀匣。其间一屉，置铜元，为日常零用者，每日可多廿余枚或卅余枚不等，次晨余与弟得自由取用，习以为常。惟谁先着手，必尽取之，后至乃有"无一可取"之叹，故与弟恒竞为早起，俾捷乎可以先得。一日，晨光熹微，余已醒，度此际弟必在梦中，于是披衣起，讵甫入中楼，吾弟亦至，盖与余同一心理也，不禁相视微笑，而又不肯"礼让"。弟躯短，才升椅，余手已及匣，不料急切间，竟将抽屉脱出，适屉中钱特多，约近百枚，"哗啦"一声，将吾父惊醒，喝问为谁。弟跟跄遁云，余亦蹑手还，两人皆不敢有声息。是日放午课登楼，父呼弟去，余立门外，闻父问曰："今晨天犹未明，你何为将钱屉倒翻，扰父清睡？"弟答曰："是哥哥[①]倒翻。"父怒曰："分明闻汝履声鞺鞳，帐钩丁东，犹不直承，而思委过耶？"弟欲有言，而父已挥之出，曰："勿多辩，吾闻之审矣！罚汝不得午膳。"余心良不忍，然又不欲自首，惟于午膳后，潜取盂饭，致吾弟果腹。

（《社会日报》1939.4.6）

观 剧

偶以师病辍读，住姑母家，姑年四十，膝下犹虚，而姑丈嗜皮簧，常挈余游歌场。看小翠花演《宝蟾送酒》《拾玉镯》，余均不甚领略。见小达子配王妈妈，持长旱烟筒，喙头喙脑，每为之憨笑不已。观《马嵬驿》，至"赐白绫"时，小翠花悬身空中，余颇讶然，问姑丈真缢抑假缢，刺刺不休，丈厌烦，遂不复挈余与俱。余乃嬲姑母，往大舞台观毛韵珂演"莲英"。毛上场时挟书一叠，着墨绿短衫，与母对泣时，牵襟拭泪，内无衬衣，致腰部外露，余指其肌黄与粉面不称，而白口全用苏语，余亦不甚了了。惟阎瑞生过场时念"日里白相相，夜里叉麻将"二语，尚可差解。明日姑

[①]作者自注："湘俗颇多以姊作哥，故弟呼余为哥哥，至今犹然。"

送余返家，吾母问姑曰："贤伉俪在家作么生？"余忽脱口代答，误将阎瑞生白语颠倒其辞曰："日里叉麻将，夜里白相相。"姨娘笑曰："夜里白相相，汝何由得见？"姑母亦为莞尔。

（《社会日报》1939.4.7）

煨 芋

寒夜，吾父以芋艿就火盆煨食。一日，余与弟亦思效法，将芋艿二枚煨于炉内，又急不及待，时时取出视之。约十数分钟，以为熟矣，弟未剥皮，即入口，忽皱眉吐曰："辣！"余嗤其外行，不剥皮焉可食？余乃细细将皮剥尽，然后傲然示弟，岂知甫着口，便如触电，急吐不遑。

（《社会日报》1939.4.8）

《西游记》

余十一岁时，对《西游记》大感兴趣，几至忘餐废寝。上课时，亦藏于读本下偷看，口诵"子曰""诗云"，目观孙悟空、猪八戒。观至兴奋处,则诵声愈速愈朗;平淡处,则诵声渐缓渐低。斯时,老师每以指甲叩桌面,阁阁作声,速余读也。当余背书时,怀观《西游记》,适老师因唾痰回首,瞥见余手中有书,疑与读本相同,而作"假背书"之弊,出余不意,突然夺去,比视,愕然曰:"背书何故看《西游记》?速背速背!"余惟瞪目不语,盖背书根本无所用心,只如"盲目诵经",忽被打断,已不知从何背起矣。师提一句,余只诵此一句,不能为继。师攒眉曰:"奇矣!汝背书须看《西游记》,不看即不能背耶?还汝《西游记》,速背书!"余受之,仍不能背,师怒,掷书于地,《西游记》亦被没收。余拾书回座,怏怏然,喃喃然。仆忽送面来,谓是余生日,师霁颜曰:"若生日宜多笑乐,且辍读。"又命仆市蛋糕糖果以贻余。余负气不食,师问所欲,答以"欲《西游记》耳"。师大笑,出手指示曰:"学生懒读,先生指甲秃。后此看小说,须于放学后为之。"余唯唯,怀《西游记》登楼。

(《社会日报》1939.4.9)

属　对

老师以老病回湘,遂趋鲤庭而受训。惟吾父督促綦严,恒明灯夜读，每日习大字二百，小字一百，画工笔一张，习以为常。读《长恨歌》"此是新承恩泽时"句，于"恩泽"两字颇费解，父谓"恩泽即恩惠"。余仍不解，父乃指犬作譬："如以肉饲犬，亦是施恩泽之一种。"余会意。三数日后，有客赠番烧，盒上商标曰"有凤来仪"。父欲于客前显余之读书成绩，即指商标，命余属对。余对曰："有凤来仪，对无狗不泽。"父责不通，余曰："泽者肉也，即无一只狗，不可饲以肉也。"

（《社会日报》1939.4.10）

水木匠

近戚业医，悬壶邻右，余常过其居，视其诊脉处方。当时尚无方案抄存之例，惟登记病人姓氏症候，以俾稽查。如张左伤寒、李右咳嗽等等，均所习见。一日，助手登记一新症候，为余所未前见，然视病者殊不类，颇怪斯人也何有斯疾……及返家，适值午饭，余停箸告父曰："海上不愧为文明之邦，彼匠人亦长袍马褂，文质彬彬。"父曰："汝从何处见来？"对曰："从戚医处见一病者。"曰："何以知其为匠？"余曰："非但知其为匠，且知其为水木匠也。"父异之，余又曰："顷见助手于稽查簿，登记此人症候，先写一造房子之'房'字，继续连写一劳苦之'劳'字，顾名思义，必系造房子太劳苦而致疾，造房子非水木匠而何？"合座为之喷饭。

（《社会日报》1939.4.12）

诗　钟

从郑壶叟①先生学画，先生喜诗谜诗钟之戏。久之，余亦渐解诗钟意，告于父曰："儿能作诗钟。"父即命弟指题，弟指"虎子"与"笔"。余思索良久，写成句曰："遗臭万年，流芳千古。"博得吾父大笑。（按，虎子即溺器也。）

（《社会日报》1939.4.14）

荒　谬

某夕，侍父宴于大观楼菜馆，座间有客征花，一时燕叱莺嗔，弦歌杂奏。客谓父曰："今夕大观楼，变作大观园，

---

①郑壶叟，名德凝，浙江吴兴人，著名画师，时居上海。

试看粉白黛绿，何殊十二金钗？"余曾以《红楼图咏》为画本，故对"大观园"三字，印象颇深。其明日，偕表姊购物，行经泥城桥畔，姊欲进面点，因不识路，拟问途。余见"大观园"市招，竟误为昨宴之处，即指以告姊，并谓内有十二金钗。姊亦不察，推门入，则门内人拒之，问："来何事？"姊正色曰："来食面点。"众大笑，挥之出，再视，则"大观园浴室"也。姊大惭，归告于父，父责余荒谬，使姊乱闯浴室，又谓浴室内容如何如何，余犹强辩曰："圣人不云乎：'虽袒裼裸裎于我侧，尔焉能浼我哉……'"辞未竟，头上已着戒尺而尺断矣。

（《社会日报》1939.4.17）

写　联

余十三岁时，伯祖扶九公①弃世，吾父命余写挽联，上款有"千古"字样。不数日，又为郑壶叟先生七秩寿辰，父又命余写寿联，余误将"古稀"书成"千古"。父责余粗心，并讲解"人生七十古来稀"之出典，易纸令重书，而余竟不慎，仍书作"千古"。既深自懊恼，又恐受责，乃自作

①周扶九，江西吉安人，近代著名盐商、实业家，卒于1921年底。周鍊霞时年16岁，非13岁。

聪明，于"古"字下，加一"稀"字，成"千古稀"。意谓百年可称古，五百年亦可称古，不若千年之古更古也，是则"古稀"可贵，"千古稀"当更可贵矣。讵交卷时，除劈头大骂外，更遭迎头痛击。

(《社会日报》1939.4.19)

失 火

当伯祖扶九公之丧，门前电炬缟素，跨文监师路缀成牌坊，曰东辕门、西辕门，入夜光辉十丈，观者塞途。又于左邻赁屋三楹，为远道吊客寄宿舍，所以使吊者大悦也。余课余辙喜盘桓其间，恒与舅氏诸姊等凭窗闲眺，见辕门下粉白黛绿者有之，鸠形鹄面者亦有之，儿童及长衫短袷者更济济如也。余等居高临下，戏呼曰"观鱼"。某夕，电炬走火，忽告失慎，一时秩序大乱，哭喊连天，女子头饰遭劫，甚至被无赖强吻，幸扑救尚速，未肇巨祸。事后，舅氏郎诵曰："辕门失火，殃及雌鱼。"

(《社会日报》1940.1.15)

射　蝇

　　阊人张，年逾花甲，犹有童心，削竹作弓箭，箭头缀针，供余嬉戏，又常为余市糖果，铜子十枚，命十次奔波，从不以为苦也。一日足疾，竟抗命，余强之，张徐徐曰："厨外蠹杀鱼木板，有蝇麇集，汝能于十数步外射得其一，则唯命。"余初有难色，继诺之，登楼取弓箭，箭凡五支，置小竹筒中。移时，至厨外，令张立板侧，而后离十数步射之，"咚"然一声，群蝇飞去，审视，果一蝇负箭死。张大称异，庖丁则谓："群中得一，适逢其会耳。"余乃授一箭令庖丁射之，不中，余再射又中，始相与叹服，而不知受余之欺弄。盖余登楼在晒台上捕蝇两只，预刺于箭锋，而箭尾志小墨点为记，余自取有墨记者射之，箭锋固已有蝇，虽不中亦中矣。于是张力疾出市糖果，余睹其欹侧步姿，有若风前之柳，萧疏短发，略如雪后之蕉，则不禁作胜利之鼓掌。

（《社会日报》1940.1.18）

风俗谈

　　吾父善饮，酒酣耳热，尝为余谈故乡风俗，颇多怪异者，非意想所可及。谓二十年前（距今当已四十年），吾乡之陲，有甲田之瓜被窃者，主妇例必立田畴间向空恶骂，如为乙村人所窃，则乙主妇必应声而出，相互对骂，否则食瓜者必病。于是甲乙二妇，三寸金莲行于窄窄之阡陌，且行且骂，复拍掌，谓以助声威。至迫近，即互相扭打，虽围观者数匝，从未有人劝和，谓劝和当不祥。故多滚入田中，裂衣散发，卒至声嘶力竭，而后自动收兵。

又村中有嫁女者，半月前，广迎戚眷，助制衣饰，故擅针黹者，恒为人作嫁衣裳。迨喜宴时，当筵取火腿、鸡鸭、肉脯，刺以金针，高插髻上，归贻小儿女，谓可祛除不祥。是以通衢间有头插肉脯者，不啻张"喜宴归来"之帜号。

离吾乡约七百里[①]，有永新县，县之西壤，妇女均天足，缠彩帛而不袜，使足跟外露，肤黑者且傅粉。足大盈尺，着绣鞋仅三五寸，鞋帮密带紧系足背，致足部前半截着鞋，后半截悬空，行路时颇似书家之"悬腕"作字。鞋跟装木底，底中贮枯炭屑，使吱呀作响，如推羊角车。陌上行来，轻薄子追随倾听，相顾指点曰："某也足音清脆，某也足音洪亮……"是以不"评头"而专尚"品足"也。某年，有农家女与他县联姻，乾宅盘礼中，特置布袜二双，盖冀新妇着袜来归。不意坤宅竟不解袜之所用，请于族长，有自命聪明者，误为镰刀外套，众且递相连观，盛赞乾宅文明，镰刀亦

---

①周鍊霞原籍江西吉安县（原庐陵县），与永新县东西毗邻，今县治相距约二百里，非"七百里"之遥。

用布套。于是诇其吉兮，此二双布袜分贮镰刀四柄，列为妆奁云。

（《社会日报》1940.1.24）

金闺画碟

葡瑶瓢

本届书画展①，余出品中有《葡萄》一帧，为青瑶②、粪翁③所垂涎，皆欲以大作为易，余许以"不售去当奉赠"。金秋生④笑曰："汝一画许二人，得非一女受两家茶耶？"余亦笑曰："庸何伤？青瑶先言，先遣嫁之；粪翁处，容再制造可耳。"不料第二日，《葡萄》已售去。第三日午，若瓢⑤上人来观，向余乞《兰花》小幅，余答以"七时无定者，将去可矣。"讵四时又被人购去，上人知之，必愁叹运气不佳。闭会时，余戏呼青瑶曰："瑶儿！瑶儿！（仿平语"儿"字制，为左玉⑥创呼，已二年矣。）汝欲《葡萄》不得，顷

---

①"本届书画展"指中国女子书画会第五届年展，1938年11月26日举办于上海宁波同乡会。
②顾青瑶，江苏苏州人，女画家，精山水，擅篆刻，中国女子书画会会员。
③"粪翁"即邓散木，上海人，名书家，精篆刻。
④金秋生，浙江上虞人，女画家，李秋君弟子，中国女子书画会会员。
⑤若瓢，浙江黄岩人，名画僧，擅画兰。
⑥庞左玉，浙江吴兴人，女画家，擅画花鸟，中国女子书画会会员。

间瓢儿和尚乞《兰花》亦不成,是瑶儿瓢儿,运气何相同耶?"青瑶怒余贫舌,必欲罚诗以儆,且限韵"萄瑶瓢"。余知失言,急谢过不遑,奈青瑶不肯干休,非处罚未容脱身,不得已,勉为其难,掉打油腔曰:"谁馋纸上假葡萄,铁笔丹青作报瑶。不道兰花同劫运,却教愁煞一僧瓢。"[1]

(《社会日报》1938.12.13)

兴到为之

同学范君曾委以绘素,忽忽两年犹未报,一日遇诸途,亟道歉意,明日得范书,有"作画固未可强急,惟君兴到为之耳"。读之转惭怍,立奋笔一挥,然不能惬意,终碎入字簏中。时旧邻傅氏,乞绘琴条,数数来催,余厌其烦,出范

---

[1] 若瓢后向周鍊霞改索葡萄扇面,并作诗:"朱兰不索索葡萄,白玉金镶作报瑶。且喜千金重一诺,好将勾划入诗瓢。"(《社会日报》1938.12.21)邓散木后因周鍊霞答允另画松鼠葡萄一帧,也许以刻双印为报,而两个月后,周仍未偿画债,邓作诗督之云:"缘何一梦便迢迢,厥债居然二月超。刻就双章为守信,望虚寸楮或装乔。葡萄待种原匪易,松鼠投胎事更遥。不怪淹迟周老太,只怜我寿似残蜩。"(《社会日报》1939.2.7)

周鍊霞"兴到为之"

书示之曰:"试观别人何等泰气[①],两年画债,犹嘱'兴到为之',汝如是频催,何小气乃尔?"傅默然退。一日星期,余因冒寒,拥衾假寐,闻叩门声,问:"哪一个?"答:

---

①卢溢方《听鹂轩新语》云:"周鍊霞女士《金闺画碟》'兴到为之'篇,有'何等泰气'句。'泰气'二字不多见,殆为拾用沪谚,犹言量大之意也。惟愚意则'泰气'二字应作'坦气'……深望女士见之,勿更谓卢先生又在那里卖老也。"(《社会日报》1938.12.25)

"我一个。"知傅氏也,乃呼:"请进来。"顾不进而叩声转急,余怒而嚷之,始推门入,复作色曰:"我固知汝昼寝,故未敢推门。"余曰:"推何伤?"曰:"恐贵先生在。"余曰:"在又何伤?"傅回眸一笑曰:"盖恐汝等'兴到为之'耳。"

(《社会日报》1938.12.20)

一圆三跳

蘋卿[①]嗜舞,恒彻夜沉醉于旋律音中,其研究之勤,较余习画,大有过之,盖其走扶梯用"华尔滋"步法,挽领结哼"探戈"拍子也。曾赏识某舞娘,几废寝食,八一三战事爆发,舞榭皆停业,某亦不知去向,或传已入侯门,蘋为之抑郁不可终日。余曾写《菩萨蛮》词调之:"问卿底事归来早。绿窗岂有人儿好。别有好人儿。而今不见伊……"当时未留稿,后半阕已忘却。有诗,亦只忆两句:"惆怅侯门人不见,陌路萧郎旧姓徐。"迨今春战事西移,海上已成孤岛,舞业承畸形发展,某亦翩然重来,依旧云英未嫁,蘋闻之喜不自胜。当某入场之夕,准备为之捧场,于是理发修

[①] "蘋卿"即徐晚蘋,名公荷,上海嘉定人,周链霞夫婿,时任职邮局,嗜文艺,能画,擅跳舞、摄影。

容，更新衣，擦皮鞋，御白手套，其忙也不亦乐乎，似不知余之暗笑其刻意求工，远胜十年前作新郎时。古云"士为知己死，女为悦己容"，今当易作"女为知己死，士为悦己容"矣。入夏后，蘋持小扇索绘，问所自来，坚不吐，余绐之曰："卿不从实招来，置之高阁矣。"曰："明言恐汝不欲画。"余正色曰："如不打诳语，必不吝一挥，神明鉴之！"蘋始呐呐曰："此某舞娘物也。"余大笑，拈毫写蛤蟆三只，息于水滨，水中倒映圆月一环，着浮蘋三四，付之曰："此一圆三跳也。"①

（《社会日报》1938.12.21）

---

①"某舞娘"即舞星郑明明，徐晚蘋《舞选新咏》中说郑明明"红美人儿旧有名"（《社会日报》1939.2.2），后来又为郑作小说《红美人》（《万象》1942年第1—3期）。另据1939年出版的《上海舞星照相集》载："郑明明……后来为战事的缘故，她也就辍舞随了家里逃到乡下去住了。一直去年夏季始重由乡下回到上海，而依旧进'大都会'伴舞……她头上时常用头发卷了三个圈在额角上，也就是她著名的'三圈'商标。"唐大郎《妇人科》亦说："郑明明亦当代之红舞星，晚蘋先生为之延誉最力，袒护亦最殷……述及明明，晚蘋之言，多如江河之决，而无一言不为明明颂者……"（《力报》1942.4.22）周鍊霞所绘"圆月一环"，即用古诗《短歌行》"明明如月"之意，暗指郑明明；"蛤蟆""浮蘋"自为调侃徐晚蘋。

艳丽清新

空翠居士[①]以《终南夜猎卷》索题，且嘱必须题得"艳丽清新"，是诚大难。试思"钟馗捉鬼"，艳丽将何从？费二日夜脑筋，竟不得一艳句，恨极！几欲就画案，将钟馗涂脂傅粉，蝎毛短髯，编成小辫，群鬼亦一一化妆，庶乎"削足就履"。然一细思，若果如此，非特大好画图成一幅怪现状，而居士必责令赔偿，是又将奈何？无已，取淡胭脂勾花纹于冷金笺上，然后写《满江红》一阕以塞责。词虽不艳，而题法固合乎"艳丽清新"也。[②]

（《社会日报》1938.12.25）

[①]"空翠居士"即陈小翠，浙江杭州人，女画家，擅画人物，尤精诗词，中国女子书画会会员。

[②]周鍊霞《满江红·题小翠终南夜猎手卷》云："十尺生绡，描摹出、龙眠家学。分明处，浓勾淡染，墨痕新渥。不是诗魂吟月冷，错疑仙梦教云托。背西风，磷火闪星星，秋坟脚。　枭鸟泣，山魈恶。魑虎啸，神鹰跃。看揶揄身手，狰狞眉目。摄尽人间魑魅影，布成腕底文章局。猎终南，一夜剑光寒，钟馗乐。"（《社会日报》1938.12.23）

君子小人

一日与陈、钱、庞、顾①诸子,聚于厕简楼,余问道于居士山人②:"金石、书画、诗词、戏剧,孰善?"答曰:"习唱戏不失为君子,其余皆小人耳。"听者诧然瞠目,山人则仰天笑曰:"子不闻乎:君子动口,小人动手。"

(《社会日报》1938.12.26)

不敢当

丁慕琴③先生介绍郑过宜④先生来索拙作,余误郑为唐大郎⑤先生,拟绘"螳螂拜金菊",以志其"拜金主义"⑥。后经丁先生说明,始知记错,然亦将错就错矣。大郎闻而

---

①"陈、钱、庞、顾",疑指陈定山、钱瘦铁、庞左玉、顾青瑶。陈定山,字小蝶,浙江杭州人,陈小翠之兄,擅诗能画。钱瘦铁,字叔厓,江苏无锡人,擅书画,精金石。
②"居士山人"为邓散木,即"厕简楼"之主人。
③丁慕琴,名悚,浙江嘉善人,名画师,尤擅漫画。
④郑过宜,广东潮州人,剧评家。
⑤唐大郎,上海嘉定人,作家,名报人。
⑥作者自注:"金者,金家双素也。"按"金家双素"即金素琴、金素雯,名女伶,时唐大郎力捧之。

喜之，惟无论忽称余为"周公"，使余闻而惶悚（得罪丁先生，恕不避讳，一笑）。盖自顾菀躬，曷克当此？譬如某老先生，人或尊之曰"此某公某公也"，倘询及其子，必曰"令郎如何如何"，是非特"公"字长"郎"字一辈，且有乔梓之分，故谨此谢曰："鄙人无福，何得有偌大好令郎？不敢当！不敢当！"①

（《社会日报》1938.12.27）

忽着篙

日前为雪艳写《倦寻芳》词②，曾以草稿就正于栩园先

---

①唐大郎《高唐散记》云："愚称錬霞女士为'周公'，辄遭其一场嘲谑。其实以女子称'公'，本无成例，有之，惟貂公斑华耳。前日灵犀询愚，谓：'北方亦有以女子称"爷"者乎？'愚曰：'似未闻之。'灵犀乃谓：'然则赛金花如何称"赛二爷"者？'愚亦不知其典何所自，真腹俭矣。尝读王湘绮日记，其中常有周婆一人，考其事迹，弥复香腻。我本可称錬霞为'周婆'，然嫌亵渎，不得已谓之'周公'。而錬霞勿谅，施以调侃，世上真无好人走的路矣。"（《社会日报》1939.1.6）按"貂公斑华"，即貂斑华，彼时女影星。

②周錬霞《倦寻芳　丁府席次为雪艳作》云："重寒削铁，活火飞金，灯影如练。蓦地相逢，省识绛桃人面。宫锦新裁红一搦，明珠遍缀光千点。侧云鬟，看斜簪采胜，凤鸾歌转。　忆往日，歌台曾见。雪比聪明，玉逊温暖。直恁痴憨，可是有情无恋。软语吴侬娇欲滴，横波顾我羞成怨。笑周郎，未衔杯，醉魂先颤。"（《社会日报》1939.1.10）按雪艳，姓王，原为苏滩艺人，后改演文明戏（话剧），擅歌。

生^①，颇承教诲。先生问："词中'笑周郎'句，是否指丁慕琴先生？"余答以"鄙人自称也"。先生大笑曰："谁料汝娘儿们也称'郎'！必以为指席间男子。"旋易"横波媚态"为"横波顾我"，曰："以吴青霞^②、吴掌珠^③之'吴'，对顾青瑶、顾默飞^④之'顾'，彼姑苏之'侬'，对汝西江之'我'，非但工整，且可点明'周郎'二字为作者自称。盖不点明，则此周郎，汝将'勿着篙'矣。"（又是一句上海俗语，不知有误否？敢以请教卢先生^⑤。）

（《社会日报》1939.1.10）

---

① "栩园先生"即陈蝶仙，号天虚我生，浙江杭州人，擅诗文，著译小说颇多，为陈小蝶、陈小翠之父。

② 吴青霞，江苏常州人，女画家，擅画仕女、花鸟，中国女子书画会会员。

③ 吴掌珠，浙江吴兴人，擅书，中国女子书画会会员。

④ 顾默飞，名飞，上海人，女画家，能诗，中国女子书画会会员。

⑤ "卢先生"即卢溢方，江苏无锡人，作家、报人。卢氏《听鹂轩新语》云："周鍊霞女士之《金闺画碟》，近著《勿着篙》篇，文情之美，乃无伦比，惟于篇末忽着按语曰'勿着篙，又是一句上海俗语，不知有误否？敢以请教卢先生'云云，读之乃令人滋愧，是真所谓'一只筷儿吃藕'，竟为周小姐'挑了眼儿'也。午膳后，有友人何君来，予告以此事，并及当时论'坦气'情形，何君亦笑曰：'这年头，惟娘儿们为最不好惹，君竟敢在太岁头上动土，为人挑眼宜耳。'言次，索读报纸，忽论及'勿着篙'句，何君颇以此三字为陌生，以询及予，予亦同有此感。缘予为锡人，吾侪苏锡间所流行之俗语，初非'勿着篙'，而为'勿着杠'。'杠''篙'二字，均为用物，因思此二语之意当亦相同……"按吴语"勿着杠"，即得不到、落空、没着落的意思。（《社会日报》1939.1.13）

爷

前写"周公"解者,不过小开玩笑,初无恶意,乃唐君谓"无好人路",未免太严重矣。兹述一过去之笑话,为唐君解颐:七八年前,余去杭,登车遇名票高景奎先生,互道寒暄。俄而钟鸣,车将启,送余者下车,回顾曰:"霞!霞!我们再见吧。"余点首应之,旁观者咸愕然。时车站稽查梁某,与高为素识,语高曰:"何以不呼娘而呼爷?论年事固知娘亦非,然尚可强作干娘解,彼呼爷,诚太欠通。"高大笑,引吭唱皮黄调曰:"先生说话理太差,哪有女子叫作爷?你不识她我识她,她的名儿是鍊霞。"(沪语"霞""爷"同音之故。)

(《社会日报》1939.1.12)

无心之过

迩来婚者甚众,一星期中收喜简三份,有雅士欲以画图作新房点缀者,余拟贺以丹青。虽秀才人情,要非难事,而佳期密迩,不及装池,只得向荣宝斋购已成绫轴,涂水仙牡丹,取"富贵神仙"吉语也。讵料匆匆落笔,牡丹竟忘点花心，次日悬之礼堂，忽被人告发，雅士有不豫色，余亦深歉于怀。急谋有以补救，略一低徊，乃忆雅士有芙蓉癖者，即借得笔砚，题五绝于画首曰："修到神仙侣，原无富贵心。还将龙烛火，来对凤箫吟。"雅士见而善之。时有某老先生曰："是真正'无心之过'矣。"

（《社会日报》1939.1.14）

两表四脚

献子①好学，不作嬉游，向有"小圣人"雅号。一晚便餐于舍间，座上咸知友，饭讫，拟游舞榭，献子辞不与，终而被嬲同行。既至，时尚早，客疏落若晨星，乐声断续如梦中闻。半小时后，始有三五对回旋池中，献子讶然曰："向闻跳舞，放浪形骸，初不料如是彬彬然，后此，当学习狐步矣。"余笑曰："如此说来，小圣人不久将为池中物……"语未竟，献子忽竞发言，且老实人居然语妙天下，虽寥寥数句，直可抵一部"交际吹拍经"。其言曰："他日学成，愿乞君为伴，预卜旁观者必啧啧赞曰：'生得两表人材，跳得

---

①周鍊霞另有《献子被兵祸来申家人离散痛哭不已诗以慰之》(《社会日报》1938.7.18)。

四脚好舞！'"

（《社会日报》1939.1.24）

十七字诗

诗书画三者，当以作书最苦，盖须一气呵成，倘中途搁置，必有"不贯气"之病；作画，则不妨十日一山，五日一水；然最写意者，莫若作诗，以作画犹须就案头挥洒，而作诗则可不拘时不拘地，真所谓兴到为之。故余恒先有诗，而后有画也。同学海曲居士①，曾将钱名山先生书扇来索拙绘，且曰："钱为前清进士，君为不枇进士，二进士合作一扇，敝居士得之，与有荣焉。"余聆其"一士一士又一士"之宠誉，转觉不敢下笔，因恐草率从事，有玷清进士法书，有负居士期望，苒荏至今，已一载又半矣。昨偶得小诗，置玻璃板下，旋出门理发，迨归，忽多一字条，细视为居士手笔，书十七字诗："未画先作诗，从来惯若斯。几时能了债？谁知！"殆取瑟而歌者欤？

（《社会日报》1939.1.25）

---

① "海曲居士"即白蕉，上海金山人，名书家，擅画兰。曾与周鍊霞同学诗于蒋梅笙，故周称之为"同学"。

加胡椒

余之服色，每喜与环境相合，平时恒衣淡紫、浅蓝，遇庆则衣红，吊则衣黑，迩来独多衣红机会，故未置黑衣也。廿二日王一亭先生追悼会，举行于湖社①，接女子书画会通知书，嘱往参加。余临时检黑底小红花旗袍，用墨笔将花涂黑，镜屏顾影，我欲忍俊不禁。是日与李秋君②、金秋生二女士同赴湖社致祭。既毕，归途车中，李言报载余访金素雯事，又盛称素雯演《白门楼》，反串吕布，扮相之美，无与比伦。余顿忆蒋清波夫人③曾赞姜云霞扮周瑜，亦奇美，惜二者余皆未见，他日如遇再贴，必不可错过。云霞演《宇宙锋》，余尝见之，或谓扮相欠佳，实未尽然。上殿着宫装，固极雍容华贵之美，而眼神手指，并有功夫，只惜樱唇略阔，倘嘴角减去口红，当能见小。歌时中气之足，与张文娟异曲同工，高音放得开，低音收得拢，殆皆善使腔者。张之表情以小动作最传神，扮相尚不脱稚气，此固年龄所关，未足为病。（先生阁④嘱为云霞写诗，余既顾其曲，不欲作泛泛辞，欲写实，又恐平剧门外婆，有毫厘千里之谬，故略抒

---

①王一亭，浙江湖州人，海派名画家。湖社，旅沪湖州人之同乡会。
②李秋君，浙江镇海人，女画家，擅画山水，中国女子书画会会员。
③"蒋清波夫人"疑即蒋梅笙夫人戴清波。
④"先生阁"即陈灵犀，广东潮阳人，作家，报人，《社会日报》之主编。彼时陈灵犀正力捧女伶姜云霞，逢人揄扬，不遗余力。

己见,并非评论也。)所可憾者,时代剧场面积有限,致看客舞台之间相距太近,台上化妆,原宜远看,不宜近观,即扮相美者,近观亦较远看逊色。而前排看客之茶,宜覆以杯盖,否则台上开打,蓬尘飞扬,不啻为杯中"加胡椒"矣。

(《社会日报》1939.1.28)

雅　疗

迩来右手食指生一蛇眼疗,既不能挥毫了债,又不能把盏消愁,因须短斋茹素,并豆腐、豆油皆不可上口,是诚痛而且苦矣。朱寿之日①,坐视海错山珍,如蓬莱弱水,余只取奶油菜心为一瓢饮。人食鸡麸寿面,余食水晶寿包,人饮寿酒,余饮寿茶。当时慕琴先生疑余不肯饮酒,故为伪饰,令启指尖示众,余答以内有膏药,因色彩不雅,故裹以纱布。其明日,阿蕙来,闲谈及此,蕙嘲曰:"疗亦有雅不雅乎?然则君何不就纱布上绘花纹,游舞榭跳'伦勃斯华克',则此指别树一帜,当可大出锋头。"余跺足笑曰:"君何不早言?盖余左手不善执笔,倘早言,则昨日席间,必求丁老画师大雅法绘,于是手之舞之,锋头出之,或可忘却痛

---

① "朱寿之日"指1939年2月7日朱凤蔚五十寿辰。

苦,而自庆曰:'老娘何幸?生此雅疠!'"(龚翁称余周老太,故自称老娘,并非敢讨丁先生便宜也。特此声明。)

(《社会日报》1939.2.19)

祀 灶

一夕,佣仆乞假归去饭年,余就灯下理针黹,倦而眠,朦胧间见火光摇摇,来自室后窗户,猛忆是日为"祀灶日",邻家焚纸轿谢灶矣。祀灶时,供以麦糖、糯米饼、兹菇,谓胶其齿牙,免以恶言上奏天帝,纵勉强启唇,亦只能言"自顾自顾"(谐音兹菇),不管人家事也。习俗相沿,家家奉以为例,不以为愚。余非超人,何敢免俗,致令人神共笑,笑我寒酸吝啬耶?因即披衣而起,持钱拟市糖果香烛,默念负却温暖衾窝,冲寒而出,只此一点诚意,灶神有灵,亦极应感谢,何得谓"谢灶",直应"灶谢"矣!余甫下楼,女佣已返,授以钱,佣曰:"已九时三刻,香烛,烟纸店尚可购,糖果肆早已熄灯,将奈何?"余沉思有顷,令其购香烛时多带十几串元宝,盖欲将糖果改为"折现"也。夫善恶自在人心,媚灶本属多事,如灶果有神,又必以媚不媚而定善恶,则吾知亦必以"折现"为实惠矣。俄而,佣来请余顶礼,余立厨房门外,遥向灶神三鞠躬。或责余应至灶前叩首者，答以"祭神如神在，只须礼貌肃然，固不必论仪式新旧，且亦'敬鬼神而远之'之意"，其实遵母训也。吾母有言："女子一月有数日弗宜祭神，如不得已，遥拜之可耳。"又曰："大年初一，菇素一日，胜过茹素一年。"余并遵之。因腊鼓声中之年夜饭，大都油腻荤腥，倘一日素食，使肠胃得一清淡冲和之机会，固极合卫生之道也。

（《社会日报》1939.2.24）

同　音

余绘册页，乞牛氏三小姐书眉，尊之曰"大书家"[1]，固善意也。讵牛因赌博失利，竟于春宴中以白眼向余曰："汝呼我为'大书家'，'书''输'同音，致我每赌必大输特输，某日输五百，某日输一千，皆汝之过也！"余诧然曰："余出语如此灵验耶？后当呼汝'大赢家'，俾汝翻本

---

[1] "大书家"疑指冯文凤，周錬霞曾在《娑红问题中之小波折》中说："文凤是大书家，她以为名字登在小型报上太没有意思……所以我在这里写几句，奉告小型报界的作者们和读者们，不要再提冯文凤女士的大名……"（《社会日报》1938.10.22）此处当即用"牛三"来代指"马二"（冯）。冯文凤，广东鹤山人，著名女书家，亦擅油画，曾任中国女子书画会临时主席。

诗画之余的周鍊霞

获利，惟求一与'赢'字同音者颇不易。"邻座英娘[①]急应曰："有！有！"问之，则以牙箸蘸酱油划席上，三点水又一撇三点……余不禁狂笑，英正色曰："孔子删诗，不去郑卫，何笑为？牛小姐得此，当不致屡战屡北，必可大赢特赢矣！"

（《社会日报》1939.3.19）

[①] "英娘"即赵含英，湖南沅陵人，女画家，亦擅篆刻，中国女子书画会会员。

非日记

香雪园联

尽教一盏倾谈,有色有香长共;
但使两心相照,无灯无月何妨。

日记,完全为了纪实,所以不管文言语体,只是随手写来罢了。不过,我只把有趣的或值得一记的,偶一记之,并不是日日都记,因此,就叫作"非日记"。

月之三日,在一位亲戚家里,遇见定山居士。他告诉我,办了一个夜花园,里面没有电灯,所以要我写一副对联,对文指定要"但使两心相照,无灯无月何妨"[1]。我说:"这两句根本不成对,怎么可以呢?"他说:"不要紧的,新体对——像新体诗一样,不用平仄不用韵……"我以为他开玩笑,也就笑笑答应了。后来,他拿诗谜作酒令,我输了几次,喝了几杯,回家已把写对的事忘了。

---

[1] "但使两心相照,无灯无月何妨"出自周鍊霞《庆清平》词,该词在《海报》(1944.5.18)发表后,被广为传诵,成了作者的名句。

六日下午，九华堂送来一副裱好的联轴，附着定山的手书，要我就给他写，两日内要交卷，这真把我难煞。莫说我的书法，十年窗下少工夫，自知不灵之至。就是那两句词，也只能做下联，必需配两句上联才行。晚蘋代我做了两句："正当三径未荒，有酒有花自乐。""有酒有花"倒不错，只是"三径未荒"脱胎于《归去来辞》，似乎叫游客"归去来兮"，违反了招揽生意的宗旨。"自乐"，当然是自然快乐，不过万一别解一下，倒像自得其乐，那如何可以呢？一时又想不出别的好句子，只得搁着。

八日上午，瘦鹃先生的公子来，向我取件，而我连对文都没做好，真有些窘。一问之下，才知叫"香雪园"①，只卖茶，不卖酒，那么，有酒有花的"酒"字，就落了空，不能用，只得另起炉灶。下午取消了午睡，烧了茄兰香，泡了龙井茶，再燃上卷烟，脑筋开了快车，转了许多转，转成了两句："最怜一盏倾谈，有色有香长共。"看看勉强过得去，才松了一口气，暗暗叫一声："人情重似债。"忽然来了一位同学，认为"最怜"的"怜"字对"使"字不工，而且气派小又消极，替我改作"常教"两字，自然是很好，可是我一读，却嫌"常""长"二字同音，于音韵略有未佳，我再

---

①周瘦鹃，江苏苏州人，作家，精园艺。文中"香雪园"，即周瘦鹃与陈定山、郑子褒等合办之夜花园，位于泰山路虹桥疗养院内，系夏夜消闲之茶座。此前，周瘦鹃另辟"香雪园"于卡德路，为专售花木盆景之所。

改作"尽教",同学也认为很对,于是就这么推敲定了。"尽"和"常",原意是一样——长,是长日,也就是每天;"共",是很多人共乐。那么换一句话,就是"每天客满,生意兴隆"。老板心宽体胖——瘦鹃呢,以后不瘦(莫变成肥鸭);定山呢,更可以名符其实,挺着便便大腹,笃定泰山。哈哈!①

(《海报》1945.6.10)

一龛红豆佛相思

七月十五日,唐居士②邀到吉祥寺吃素斋,在天禅室③小

---

①陈灵犀《辟尘龛日记》云:"六月九日,晴。下午应瘦鹃先生函招,赴香雪园品茗……园占地不广,陈设殊清幽,竹篱茅舍,饶有花木之胜……嘉宾有烟桥、天笑、卓呆、野萍、铁年、錬霞、寄萍、蝶衣诸君……"(《社会日报》1945.6.15)又,天游《海上新咏》云:"香雪园,于六月十日开幕。余于是晚往游,见有联语为周女士所赠……"(《东方日报》1945.6.20)据此可知,香雪园于6月9日试营业,6月10日正式开张。而陈定山6月6日送来联轴,并要求"两日内"交卷,实是为了赶在开张前将周联布置于香雪园中。而周錬霞刊文时间,正值香雪园开张之日,实也不无为友人宣传鼓吹之意。

②"唐居士"即唐云,号大石居士,浙江杭州人,名画家,擅花鸟、山水。

③"天禅室"即画僧若瓢之居室,位于七浦路的吉祥寺内。彼时吉祥寺设有素菜馆,而若瓢能诗善画,又雅善交际,故文艺界人士常来此为文酒之会。

坐，四壁挂满了墨兰，说也奇怪，这和尚面团团，本有些酒肉气，但一看他既不趋炎赴势，还能笔底生花，就显得很是淡泊风雅了。案头供一尊小小的铜佛，认得是唐家的旧藏，不知怎样到这儿来的。铜佛坐在一只瓦盂里，立刻使我想起苏东坡赠石给佛印和尚，佛印养以清水供佛的故事。可是这瓦盂里没有石也没有水，却装满了红红的东西。仔细一看，原来是几年前一个朋友从印度带来千余颗红豆，送给我搁在书案上，和尚来看见，冷不防抓了一大把去，而今发现在这瓦盂里的就是。虽然铜佛和红豆的原主，都在眼前，但谁也没有收回的意思，只是对他说："红豆又名相思子，供佛未免太香艳，不怕罪过么？"他笑笑说："红豆来自印度，印度是佛地，以佛地之物供佛，当然可以，相思不相思，那只有佛知道。"这几句答得很聪明，叫人没有话说。在归途的车上，得了两句诗，当我念给唐①听时，看见隔着玻璃的眼睛在笑，笑什么不大知道，也许笑我的诗不好吧。然而，不好已经不好，写实总是写实，佛说不打诳语，就该写出来——是呀，写出来做收场白也好：

四壁墨兰僧淡雅，一盂红豆佛相思！

（《海报》1945.8.9）

---

①作者自注："凡居士、先生、夫人、女士之称，惟起首时一书，后皆从略。"

周鍊霞作画

"杜米夫子"光降

七月十九日，我正在作画，杜先生[①]拿了一把扇子来，要我随便画一点点儿。我一看这扇子，白的一面，有廿几个人的签名；冷金的一面，也有好多人的画。有鱼，有佛像，有自鸣钟，有时装的人物，都是各顾各地不相联系。我便先盖了一方小印，再将手里的墨笔涂了一只小蝴蝶，钉在印角上，他看了非常满意地向我再三称谢。因为没有干，就搁在一旁，我仍旧画我的画，忽然，他又发话了："你这样的大画家，住的屋子太不舒服，未免美中不足……啊！桌子底下还有许多杜米[②]，那倒不错呢。"我禁不住笑了起来："古时颜子，箪食瓢饮居陋巷，孔老夫子称赞他'贤哉回也'；你这位杜老夫子，怎么不称赞我'贤哉霞也'呢？还要笑我美中不足，又来注意我的杜米，那和孔老夫子相差未免太远了。以后，我要叫你'杜米夫子'啦！哈哈！"他点点头说："很好！很好！现在的'老'不值什么钱，'米'倒是越涨越贵，我情愿放弃'老'而做'米'的呀！"他缩了两

[①]"杜先生"即杜进高，号稳斋，重庆万县人，擅书法，精篆刻。杜与周鍊霞曾共同任教于中华文艺书画学院。徐晚蘋亦有《杜老夫子》云："蜀中一怪金石书家杜进高……于国学、诗文根柢俱深，他人皆呼彼为'杜老夫子'而不名……"（《电报》1945.10.2）

[②]上海话"大米"读作"杜米"。又一说吴方言亦称本地所产稻米为"杜米"。

缩鼻涕，发出"呼啦"的声音，把一件深棕色的长衫，挂在臂弯里，向我拱拱手，摇摇摆摆下楼去了。

（《海报》1945.8.11）

"淋漓痛快"结良缘

廿二日，看见脸上的痱子越生越多，就把家里有的土方——甘草末和明矾——用水调和，搽了一脸，照照镜子真难看，说得不好听，简直像鸡屎。

当我作画的时候，张小姐来，对我看看，问我是不是什么美容药。我点点头，说是鸡屎，她居然很相信，还说明天也要试试。我禁不住笑起来，笑得脸上干了的药末，簌簌地落下来，落在纸上，画里的美人变成了烂麻皮。后来我说明白了，她也打起哈哈来。她交给我一卷纸，要请我写一写，打开一看，是结婚证书，我不觉奇怪地说："怎么这样快呀？没有订婚就结婚吗？啊！你们跌进防空壕，还不到两个月吧？"她说："就为了跌进防空壕，衣服湿淋淋，脚踝跌痛不能走，雇不到车，是他抱我回家，又天天带医生来看我的脚，母亲见他诚心，所以很快就答应了婚事，订婚只交换了戒指，没有仪式。"我只点点头，看着她在给我磨墨，我喃喃地自语着："衣服湿淋淋，脚踝跌痛，很快就结婚，哎呀！古话'淋漓痛快'，大概就是说的你吧？"她忸怩地答不出话来，停一停，催我给她写。写好了，她再三向我道谢，刚要走，又皱皱眉回头问我："听说他家人很多，有点守旧，做新媳妇是怎样？请你说说看。"我抚着她的肩背："说吗，没有什么可说，还不是和跌进防空壕差不多。"她睁大眼睛问："这话怎讲？"我笑笑说："那是因为前者是'淋漓，痛，快'，后者是'痛，快，淋漓'。"她笑笑打我一下，我说："你原来是明知故问。"她娇啐一声，走了。

（《海报》1945.8.13）

周鍊霞写作

快乐的心情

八月十六日①,上午四时半,我刚睡醒,忽闻有电话来,我很奇怪,是谁这样早打电话给我?难道有什么意外?拿起听筒,才知道是双青楼的梁太太——吴曼青②。她说:"周小姐吧?打仗打好咧!和平咧!"

"真的吗?谢天谢地!"我惊喜地叫起来。

"两点钟就想打电话给你,怕你没睡醒,挨到这时候,实在熬不住了,一定要把这好消息告诉你,让你也开心呀……"接着是她的笑声。我说:"当然开心,和平真是天大的喜讯,我们应当叫声'恭喜恭喜'!"果然她也在说:"恭喜恭喜!我已经坐了车到外滩去兜过圈子,马路上人很多,你快些出来看看吧,看看太平的气象。"我答应了,挂上听筒。大约我的调门太高,惊动了邻居,都提高嗓子隔窗儿问讯。我说出了和平的消息,许多人都提早起身,一会只听见七张八嘴。这时,我更不要再睡了,心里一阵惘惘然,也许这就是痛定思痛的感觉吧?只一刻却又高兴起来。孩子

---

①原文作"十月十一日",显系误植,据文意改。按日本天皇宣布投降是在1945年8月15日中午,而8月16日上海各报均已披露了胜利的消息。

②"双青楼"即梁俊青、吴曼青夫妇斋名。梁俊青,广东梅县人,吴曼青,浙江东阳人,夫妇二人留学德国,后行医沪上,嗜文艺,皆擅画。

们本来要背了书才可吃饭,今天不必背书,外加点心一顿。同时我也"自放自假",一天不搁笔,不拈针,还多办了几样菜。吃过了午饭,中觉当然不要睡——是不是想看太平气象呢?这么坐立都不定心——洗了脸,把一向不舍得用的丹琪化妆品施用一番,穿上一件最欢喜的衣服,怀着一种像小孩子过新年的喜悦情绪,雇了一辆孔明车,从西摩路、静安寺路,到南京路外滩。一路上欢声鼎沸,爆竹喧天,尤其是抛球场,许多人把一种黄色的东西,抛来抛去。我是近视眼,看不清楚,据车夫说是某个人的帽子。这也难怪,八年来人民吃尽了苦,一旦得到这样的好消息,怎禁得不兴奋到发狂呢?我再由福州路兜回来,刚有一只大花炮,在我车边响起"乒乓"的声音,我为它眼睛一霎,胳膊一动,路旁的人都在打哈哈。我虽有点难为情,但也觉得是稀有的兴趣。回到家里,洗了浴刚坐定,汪家姊弟①来,他们一人捧住我一只手,摇着晃着说:"恭喜恭喜!以后有好日子过了!"又对我仔细看看:"怎么?你又瘦了。"我说:"生病。"她说:"你的生活太辛苦,应该好好地休养,现在太平了,你的肩胛也轻些,以后总可以胖点吧。近来你家庭……"我不耐烦听,就拦住她:"家家都有一本难念的经,今天应该快乐,莫谈这些。"于是我拖了他们,出去买点菜,到"同宝和"喝酒。座临楼窗,居高临下,看见路上全是人,全是

---

① 笔者曾托人询问徐昭南女士,据她猜测,"汪家姊弟"很可能是画家汪亚尘的子女汪听逸与汪佩虎。

嘻开了嘴的人。东面驰来一辆黄色大汽车，车顶也坐满了人，扯起青天白日满地红的大国旗，四面的鼓掌和欢呼，轰成了雷声一片。国旗向西招展，人造的雷声也跟着传过去，真够使人兴奋。汪家弟弟也是造雷的一份子，我和汪家姊姊却把酒喝干了，吃了点粥，和他们分手，踱着细小的步子回家。可是，快乐的心情，竟一夜也睡不着。

（《正报》1945.8.26）

银灯开遍太平花

八月二十日，傍晚，参加聚餐会，到南海花园。这里的布置很像新仙林，但比较章法紧凑；调味像梅龙镇，售价略低，可称实惠。有音乐、舞池，来客人头尚齐，只有低语，没有喧哗，灯光绿幽幽的，平添几分凉意。我们的古典美人邱小姐——旧文学很有根底——忽然一本正经地问我："錬錬！你那两句'但使两心相照，无灯无月何妨'，究竟是何所取义？被许多人东拉西扯地传来传去。"我也做出像煞有介事的神气来答："知道么？无论读什么文字，都不能以文害辞，以辞害意，这上面还有更要紧的一句'星眸艳艳生光'呀！我是取材于孟子说的'胸中正则眸子瞭焉，胸中不正则眸子眊焉'。瞭然就是光辉明亮，彼此心地光明，自然眼睛雪亮，视黑夜如同白昼，无灯无月又有何妨？也就是'不欺暗室'的意思。谁知别人偏要断章取义，捉住了两句为开玩笑的题材，应付开玩笑，是要有闲情逸致，我根本无闲，就只好让他瞎缠了。相知如你，还用得着问吗？那就无怪读者专函来问了。"她眨一眨眼睛又问："你把这些话写封回信去吗？以后准有麻烦……"我说："不，没有写信，只写了一阕词，就是眸子瞭然的意思。""词吗？我要我要！"她高兴地叫着，又问侍者要了纸笔，叫我写给她。我只得写"庆清平"三字，她就纤掌一拍："你的'庆清平'真多，给你横庆竖庆，真地庆出了清平世界，莫怪这几天都预备大庆而特庆呢！"我不禁笑起来："这么说，我倒可以做预言家了？哈哈！"我继续写着："任使无灯无月。一点仙心亮于雪。十分明洁十分清，更有十分凄切。 望中多少思量。盈盈秋水难忘。合是人间真美，千秋不死光芒。"她欢喜第三四句，要我写在檀香扇骨上，我一看扇骨太窄，连忙摇摇手："这些已成了过去历史性的词句，写它干吗？"当然这是实情，也是我懒写细字。我们二人叽叽哝哝，同桌的人，都怪我们文绉绉的酸气，罚我们打通关。我认为五魁八马，此地不宜，就发起猜心理——彼此握一根火柴，甲认"对"，乙认"不对"，揭晓时，彼此火柴头相同向上，就是甲赢，否则输了喝酒。虽然小杯酒不满一口，却也逸兴遄飞。吃好饭已过九时，出得园门，突觉眼前一亮，原来路灯大放光明，平时怕遇路劫，总是作伴相送，从此可以各自回家，好在都是天足穿跑鞋，尽管安步当车啦。邱对我说："黑暗去了，光明到来，希望人人的心都是光明，眸子都是瞭焉。"一阵笑声，大家分手了。途中我有了诗，虽然是打油腔，却也合乎《诗经》的"赋"也——平铺直叙——记下来，作为今天的尾声吧：

乍从南海饭胡麻，尺二莲船好当车。独醉夜行都不碍，银灯开遍太平花。

（《正报》1945.8.30）

"赤"老的梦

八月廿八日，下午，正在作画，晚蘋跑来告诉我："有个赤老，和一个姓陈的，一搭一档在《东方报》上骂你。"我说："《东方报》的主编，你一向说是好朋友的吗？过去我还给他常常当差画画的，怎么会登骂我的稿子？"他说："赤老是特约，自然登的。"我暗想，赤老的势力大呢？还是好朋友没义气呢？姓陈的，我也帮过他的忙，向来无恶感，怎么也骂我呢？这些值得研究。①他又说："你也可以在《正报》上登一篇骂还。"我说："《东方报》没见过，无从骂起。"他递过一张纸来说："我已写好一篇'文章'，你抄一张由我送去。"我只看见题目："'赤'老的梦"。因为眼睛没闲，就暂时搁着。

八月廿九日，发现白呢大衣有霉点，就把所有大衣都翻出来晒，虽然旧了，总是自己心血换来的，就不免敝帚自珍。接着叫孩子帮同把麦粉搬上晒台去晒，不料袋破了，漏了一地，赶忙换袋收拾地下，弄得满头满身都是粉。换衣洗脸梳头，喝一杯茶，抽一支烟，才动手写扇。中午去一次香雪园，回来继续作画，直到五时半搁笔，画好花鸟仕女各一件。收拾好画具，觉得又累又热，正想洗澡，晚蘋来了，要

---

① 《东方报》即《东方日报》，主编蒋叔良（笔名"九公"）与徐晚蘋有交，徐当时有大量文字发表于该报上；"赤老"即朱凤蔚（笔名"老凤"）；"姓陈的"即陈灵犀（笔名"葛天氏"）。起初，朱凤蔚发表《绮梦》于《力报》（1945.7.1），自叙梦中与"一极熟之娇娘"翩跹共舞，而"娇娘"向之"樱唇送吻"，与之"情致缠绵"。之后，陈灵犀作《为凤公详梦》（《东方日报》1945.7.7），来索隐"娇娘"之身份；朱凤蔚也作《绮梦无凭》（《东方日报》1945.7.15），自曝梦中之"娇娘"即周錬霞。再之后，陈灵犀又有《梦哄记》（《东方日报》1945.7.20）、《第二梦》（《东方日报》1945.8.12），朱凤蔚更有《希望有第三梦》（《东方日报》1945.8.16）诸作，态度轻薄，将玩笑开过了头，这自然引发了徐晚蘋的不满。在《"赤"老的梦》发表后，陈灵犀另有《关于"赤老的梦"》（《东方日报》1945.9.3），来恳请徐、周夫妇的谅宥。

我在他的葡萄上补一草虫。①我想明天补，他却立等要用，无奈，只得再搬出画具补好。他又要我抄"文章"，我说："今天没有闲过，明天再抄。"他不答应，我说："你要急，就自己写去骂好了！"他说："你骂他一定服贴，然后我再骂。"我说："今日累乏了，不愿写。"不料他大发雷霆，认为我有帮赤老之嫌，拿起一把有些锈的水果刀，向我手臂戳来。我避开了，想想孩子这样大了，不愿多吵，拔脚就往外跑，让他一个人去咆哮。直到夜晚回家，看见画桌上，摊着一张《东方报》，四周用墨笔写满了骂我的话，当中倒插着六寸长的水果刀，拔起一看，桌上有两三分深的一个洞，刀已磨成雪亮。我长长地叹了口气——男人是这样做的吗？对家里穷凶极恶，狠天狠地，对外连写几句骂人的话，都要捐女人的名头，真是十十足足的"七煞缸"。至于那所谓赤老和姓陈的，尽是乱话三千写那些损人不利己的无聊东西，害得晚蘋磨刀要杀人，害得我遭无妄之灾、受冤枉之气，还要有性命之忧！（绝非危言耸听，如有虚话，天诛地灭。）这种造孽的事，莫说臭骂一顿，就是打个半死，也是罪有应得呀！——以下，"文章"来了——

---

①徐晚蘋《卖葡萄》云："近来无聊，做投机生意，怕急出心脏病来，特卖葡萄扇百页，自绘一色葡萄一万元，二色一万五千元，由鍊霞添草虫二万元……"（《东方日报》1945.7.21）

"赤"老的梦

好几年来，没有做过梦。虽不敢自"魁"是"至人无梦"，但梦由心造，俗语说"日有所思，夜有所梦"，所以日有淫念，夜便有淫梦，美其名曰"绮"梦，不过欲逃避人格上道德上的批判而已。前天一位族人持了某报跑来愤慨地说："那姓赤的老家伙，又在无耻地梦至不休，他有女儿或孙女的话，一定要受到一念之淫的报应。"我觉得他是笃信因果论者，在"赤"老（赤者，姓也。老者，尊称也）一梦二梦、还希望第三梦、梦至死的狂想中，哪里还顾到女儿孙女等小辈呢？一位家长尤其特意来教训我道："你还和人面兽心的老混蛋在一起吃饭，并不严词斥责他，真是要不得。"我的堂姊插口道："打狗须看主人面，谁愿意斥责这种老混蛋，难道读报的人正邪不分，对他的人格不怀疑吗？"我只有听他们的议论，恰如修梅先生[①]所说的"见怪不怪，其怪自败"。不过对于"赤"老的胡说下去，只好当他"赤老"看待了。

记得我的爸爸曾说过："一个正人君子，虽在梦中，也能够以礼自持，因他有坚定的信念，使他梦中和醒时一样。"所以梦是最有力的人格的透视的。

（《正报》1945.9.1）

[①]"修梅先生"即汤修梅，名报人，为《海报》《正报》之主编。

螺川小品

砚

余有启蒙时一端砚,色紫质细,发墨甚佳,圆如满月,中微凹,边有沟,用之二十余年,凹处渐深,可容水一汤匙半,谚云"磨穿铁砚",仿佛似之。不幸于去年碎其边缘,致成缺月,余遂置而不用。继之者为余三叔祖所贻之长方端砚,虽亦发墨,而质已较粗,终未能惬心应手。一日访钱叔厓先生,见其从北平带来古玩甚多,中有一砚,紫色端石,且有"活眼",作玉兰花形,反面瓣蒂分明,玲珑可爱,余玩之不忍释,钱即举以慨赠。余大喜,称谢不遑,正拟携归,钱复夺之去,曰:"此为填词砚,赠君填固佳,惟须以一阕长调为交换。"余曰:"诺。"钱曰:"毋急急,将先以乞符铁老①作铭,然后奏刀刻于砚阴,俾五百年后知我三人为挚友也。俟刻就相贻,愿君研古墨,为我写新词。"余曰:"善。"后数十日,钱携砚来,果有铭曰:"玉兰香发煤麝

---

① "符铁老"即符铸,字铁年,湖南衡阳人,名书家,擅绘事、篆刻,亦精诗文。

研。鍊霞填词词清妍。兹砚自足以人传。谁其赠者叔厓钱。从而铭之符铁年。"余再拜而受之，会当写词以报也。①

（《沪报》1946.9.6）

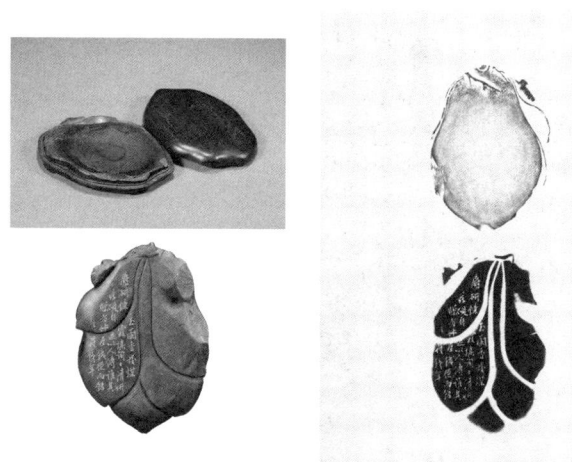

玉兰砚

----

①周鍊霞后以"玉兰砚墨"为名，设专栏于《铁报》。她在1948年的开篇中说："钱、符两位好朋友，从前是常常见面的。现在钱远客东瀛，久无消息……符则已于年前归道山，更是永无再见之期……今天取出这块玉兰砚，砚铭本已发表过，现在不辞重复，再来一遍，一则因为赠砚者钱瘦铁与刻铭者符铁年两位，大名中都有一个'铁'字，与本报的报名恰合；二则借此解释'文题'，同时并纪念符铁年——这一位不得意的一代才人。"（《铁报》1948.6.6）此砚后见于西泠印社2018年秋拍。

记天健诗画

识贺天健①先生者八九年，未尝见其作画展，有，惟日来宁波同乡会中耳。所写山水多巨幅，类皆大气磅礴，瑰玮雄奇。题句则古朴超然，各极其趣，如："牢郁何须呵壁问，铜琶莫唱大江东。挥毫即有凌云赋，那及山中一老翁。""空谷高居彼若何，为言惟有白云多。白云那管人间事，但为闲吟日日过。""秋草秋花逗眼妍，老夫一梦意仙仙。起来濡笔追怀写，忘却城西十顷田。""记得方干旧里游，润桥亭屋雨中留。横烟界断前山路，无数飞流斗白虬②。"人物仕女以勾勒胜，俯仰转侧，顾盼生姿。余尤喜其《停舟听莺》《攀树谈玄》《曲廊梦境》《晓妆》《看菊》诸帧，深得传神阿堵之妙，何止画中有诗。其题人物句如："思鲂思鲤我思山，一屋八年江一环。挥毫复入兰江梦，云拥西山弄翠鬟。""每为名山一解衣，山灵夜夜挟梦飞。李唐不买胭脂画，应向董源论是非。""兜天郁律横江北，千古奇云腹底藏。洪谷当年荆老子，解衣曾得上仙方。"读之有出尘之想，其天才横溢，修养功深，概可想见矣。

（《沪报》1946.10.22）

---

①贺天健，江苏无锡人，名画家，擅山水。
②此字原报作"蚪"，既作仄声，又非韵脚，必误，疑为"虬"之形讹。

八哥九歌

张大千[①]先生，离沪七载，此次重来，容貌虽较清癯，而精神饱满，谈笑生风，固不减当年，惟绕颊于思，略见斑白。所奇者，当中一团白甚，两腮犹黑，远望之如乌云托月，且中短而两旁长，作燕尾式，如画中仕女之背后垂鬈也。上月中旬，曾作书画展览，佳构之多，成绩之美，为近年所未见，足征艺术真赏，自有人在。此番尚有外间未见而不及完成之《九歌》长卷，绢本，高二尺，长约二丈，人物之勾勒，兼铁线柔丝之长，笔笔中锋，腕底有千钧之力。李秋君女士题字，簪花妙格，几不让卫夫人专美于前。张谓成都每夜须至十时始有电，故晚餐时，常实行其无灯无月，欲我将前年定山居士属书之对文，为其重书一联，俾携归成都，悬于餐厅，最为贴切也。余诺之，而询其上款称呼："道长耶？道兄耶？"张摇手曰："长，要不得，当然是兄。"余曰："论年龄，十年以长，则兄事之；论艺事，固长而有余也。"李左庵[②]先生揿言曰："长既不好，兄亦未佳，何如称哥为妙？

[①] 张大千，四川内江人，著名画家。张大千1938年离沪后，1946年回沪办画展，其时借住在李祖韩、李秋君兄妹卡德路寓宅。（李宅即下文叶世琴拜师之所。）

[②] "李左庵"即李祖韩，浙江镇海人，擅画山水，李秋君之兄。

大千行八，应呼之为'八哥'。"余曰："八哥，善叫者也。"李曰："此八哥亦善教，教人画画也。"相与拊掌。

（《沪报》1946.12.14）

暂抛十斛尘，偷得半日雅

叶世琴女士，年十九，善鼓琴，七弦古调为今世所稀，而生性娴静，尤非时下闺媛所可及。间亦好弄丹青，日前执贽于大千居士之门，行拜师礼毕，居士出一古琴，据云为宋代姜白石旧物，不知确否。其声幽静而复宏亮，先由陈肃亮[①]君鼓《普庵咒》《平沙落雁》二操，女士鼓《梅花三弄》。余虽非知音，闻之顿觉俗念尽消、心波平静。居士更掀髯大乐，浑忘疾苦。（时居士正抱恙也。）复偕至园中摄影，借留纪念。忽钱瘦铁先生来，乃临时加入。摄影毕，余以事告退，叶大密[②]先生舞剑器，乃不及一睹，是有耳福，尚缺眼福。虽然，栗六终朝，偷得半日工夫，学雅人深致，

[①]陈肃亮，浙江海盐人，曾服务于航海界，擅书能琴。
[②]叶大密，浙江文成人，著名武术家。

此清福之享受，实未可多得也。①

（《沪报》1946.12.15）

自左至右：陈肃亮、叶世琴、周錬霞、李左庵、张大千、李秋君、顾青瑶、张心奇、叶大密、钱瘦铁。

---

①叶世琴《回忆老师张大千》云："我自幼学会弹古琴并喜欢绘画。1946年深秋，我正从师顾青瑶学画。一天老师告诉我说：'著名国画家张大千由四川来沪开画展……你如能得到他的教诲，画业将有大进。'"

撞车记①

双青楼主梁俊青，患胃出血住怡和医院，我去探望他时，谈起他的病，是突如其来，非常凶险。同时，他又告诉我，他有个姓李的朋友，乘机器脚踏车与十轮大汽车相撞，撞得车毁人亡。他慨叹着"天有不测风云，人有旦夕祸福"，生命太无保障，人生多么渺茫，所以我们要做的事，就赶快努力，不要做的事，就莫勉强。活着的光阴，是不应该有一些些浪费的……他的夫人吴曼青，既要代丈夫的诊务，又要忧心病人，料理家务和孩子们。本来大块头面团团的，现在变了瓜子脸容色惨淡。唉！女人就注定了是这么辛苦可怜，反过来如果是曼青生病，俊青决不会如此地忧劳憔悴吧？我想。

当我告辞出来，已是六点钟了，打算把手里的画件，送到菱花照相馆摄影后，再送交大千，因他等着就要带到北平去。所以雇了三轮车，讲好先到马霍路等一等，再到卡德路，以后还来得及赶回家晚饭呢。当车子由福煦路转向同孚路，北风迎面吹来，有些儿冷，忽然我会想起"天有不测风云，人有旦夕祸福"的两句话，同时脑子里似乎有机器脚踏车与汽车相撞的一幕。而实际上，这时路上的车辆并不挤，

①原文分五日连载，前四篇题"撞车记"，末一篇题"疗伤记"，今合为一文，统名"撞车记"。

我的车子很快地前进，不到十分钟[①]，已是威海卫路，正在向东转弯，不料一部人力车对面撞来。照规矩人力车应该靠右走大转弯，而他竟靠左走小转弯，又是拉得很快，三轮车来不及刹车，就把车头向左一歪，车子依旧向前冲，这前半截的车夫虽然避过了，那人力车却向后半截车厢里的我撞来。说时迟，那时快（无以形容只好抄这两句），只听得天崩地塌的一声响，眼睛一黑，再睁眼看时，一片昏花，同时下半个头脸部完全麻木。我意识到是被撞了，生恐是撞掉了牙齿，用手指一摸，牙齿还存在，却发现嘴不会合拢，我又以为是下巴骨脱了榫头，忙用右手向上托一托，有一种比痛还难受的感觉，禁不住叫了起来。耳边听见一片连声："血呀！血呀！快送医院！"我眼睛眨了又眨，看见许多路人围住我，再看看手和大衣，全是鲜血淋漓。人丛中不知哪个在高喊着："快用绢头揿住呀！"我下意识地从手筒里摸出手帕把下巴揿住。这时人力车和三轮车夫全不见了，又不知是什么人拖来另一辆三轮车给我坐上，只听到一声："快送最近的中德医院。"可是我没有看见人，车已是向南弯转了，经过三五家门面，先前的三轮车夫和一个巡捕拖了那部闯祸的人力车迎面而来，来拦住我的车子，我知道是要我去警局

[①] 原文作"十秒钟"，当为"十分钟"之误。按从"亚尔培路、亨利路"的"怡和医院"，经"福煦路"转"同孚路"，再转"威海卫路"，相当于从今天上海陕西南路、新乐路，经延安中路转石门一路，再转威海路，全程不到两公里，乘坐人力三轮车正好"不到十分钟"。

做证人。我指指下巴，摇摇手，表示要去医院，车子就一直向前。等将到中德医院时，我神志已清，一想这是产科，何况身边没多带钱，又无熟人，还是回到怡和医院为妥，就用脚使劲踢着踏脚板，车夫对我看看，我做个手势叫他回头，并挣出一句："亚尔培路、亨利路。"

到了怡和，叫车夫去关照有人受伤，一个巡捕招呼我坐在门诊处。五分钟后，来了一位护士，她嗲声嗲气地说："呵呦！你真是倒霉，怎么撞得这样厉害？"大约搽了些红药水之类吧，贴上一条小纱布，叫我莫用手帕。我请她找医生来看，她出去叫茶房，只听见茶房回说："今天是张医生当班，张医生到百乐门去了，要打电话去找呢。"我心里一急，忽然喉咙大起来，就嚷着："什么张医生李医生！随便找哪一个医生给我包扎一下就行！偌大的医院，难道只有一个医生……"护士进来向我摇摇手："你别嚷，就去请医生来了。"她去了，大约十几分钟，同来一位医生，问我怎会来此。我告诉他，这里一百个零十号的病人梁先生，是我的朋友，我刚来探病，出去便被车撞伤，所以回来求医。护士替我脱去大衣，又开了诊室的门，叫我睡在治疗床上，她拿一只很亮的手电灯。医生说："创口太大了，包扎不好的，要缝起来，到三楼开刀间去，你走得动吗？"他把创口的纱布换一块大的，连鼻子也遮住了。我跟他走出门诊处，忽然浑身发生强烈的战抖，牙齿在作对儿打架，两腿软得提不动，后面的护士忙上来搀扶我。

开刀间的手术床比桌子还高,医生把我一托才躺上去,又盖一条毛毯,他很柔和地在我耳边问:"梁先生是你的朋友,梁太太你熟不熟?"我想回答,无奈提不起气,竟是一句也说不出。他又问:"梁太太你认识吗?"我只有从鼻子里哼出一声"嗯"。这时,热的血沿着脖子向衣领里灌。不一会,医生把曼青请来了,指指我说:"你认一认看,这是谁?"她立在我右边,皱皱眉对我呆着。立在我左边的医生说:"你揭开纱布看看呀。"她把纱布揭开,似乎吃了一惊,又摇摇头,这分明是不认识的表示。我想叫她,但叫不出来,只有眼睁睁地盯着她。她缓缓地揭开毛毯,看见我的旗袍,又看看我的头发,再仔细对我面部端详了一会,蓦地跳起来,大声地喊着:"哎呀!你是周小姐呀!方才还好好的,怎么一会儿变成这样?"医生说:"刚从这里出去,路上被车子撞坏的。"他伸长了颈子说:"朱医生!你快些……快些……"她急得两只手乱划……

几千支光的电灯,逼得我眼睛睁不开,有白布盖住我的头面和身体,只剩创口露在外面。这时我虽看不见说不出,但听觉和触觉都很灵敏。曼青在摸我的手,又按脉息,医生用盐水洗创口打麻药针……曼青说我的手冷冰冰,又把我的姓名告诉了医生,他说:"哦!久仰大名,那我要仔细地治疗,好了不要留疤。"他叫护士捉住我的头,又说上下要对准,多用夹子少缝针,放一根粗丝线在内,两头拖出,使血水外流,可以减少发肿。包了许多纱布和橡皮膏,又发现颈项右边也受创出血，医生给我搽些药水。曼青搀我下楼，就躺在俊青并排的床上（本是曼青睡的），用两只热水袋焐着，渐渐地温暖了。听她告诉俊青，说我的下巴肉掉下来，只剩皮连着，骨膜也撞坏了。他阻止她莫说，大概恐我害怕吧。护士来传言医生说的，最好住院几天，恐夜晚发生剧痛或出血，可以打针吃药，俊青夫妇也主张住院，但我惦记我的孩子，尤其尚在吃奶的小咪毛①，还有大千等着带去北平的画。心里一急，眼泪亦急了出来。还是曼青替我打电话通知家中，莫等我吃晚饭；又通知大千，但他不在，就告诉了秋君。躺了两小时，已是九点多钟，曼青命使女陪我回家。孩子们都围拢来，我关照昭南②请假两天，照料家务，又交出了几天的家用钱，给小咪毛吃一顿奶，叫阿妈明天抱到医院来，再带了些钱，然后回到医院，正式办理住院手续。

在半夜的时候，创口和右边的颈项发生了剧烈的痛楚，尤其是颈项，肿得像生了大瘤似的，我打铃叫护士来，她说："不要紧的，医生自有办法。"给我吃了一片止痛药，廿分钟后，才得朦胧睡去。天明时，茶房送来一盏"流汁"，放在一只壶形的杯里。停一会，曼青的使女来，喂给我吃。曼青想给我吃一瓣橘子，竟然无法可吃。因为嘴唇半

----

① "小咪毛"即周鍊霞的小儿子徐昱中，生于1946年。周鍊霞在撞车前不久，曾作《吹喇叭升旗》云："近来乳母未得，亲哺婴儿，以致损却宵眠……"（《铁报》1946.12.13）

② "昭南"即周鍊霞的大女儿徐昭南，生于1929年。

开半闭，下巴被纱布橡皮膏包扎得紧绷绷，不能动弹，所以牙齿也总是合拢的，假使勉强动弹就会痛，只有"流汁"可以从牙缝里吸入，"固体"简直就无法进口。九点多钟，秋君、左庵、大千、世琴四人同来探望我，关于菱花照相馆摄画影的事，大千替我代办，说明日一早就乘机飞北平去了。①十点半后，阿妈抱来了小咪毛，奶子胀了一夜，吸时非常痛，而且奶汁吸不大出，这三个多月的小生命，他一点不懂得娘在熬着痛苦，还要呱呀呱呀地哭，勉强熬了十五分钟，才把"哺乳"的一节做完，护士已来催着叫快些抱回去，医生就要来了。不一刻，果然朱医生来了，他笑嘻嘻地问我："好些吗？"我指指右边的颈项，他揿了两揿说："不要紧的，用冰囊冰了会好。"创口今天不打开，他已去了，冰囊冰着，果然很舒服，只是肩部觉得太冷了。第三天医生来拆去了创口的夹子，下巴比较活动些，可以吃一些面和细小的饼干。颈项也消减了肿胀，硬块缩得像鸡蛋。第四天第五天，经过都相当良好，创口的缝线已拆去三分之二了，多谢许多朋友们都来探望我。住到第六天，医生答应我出院，回

---

①周鍊霞后作《下巴的宏论》云："自从去年年底撞坏了下巴，现在虽然好了，但是新肉的红色未褪，有一丝弧形的线纹，要半年才可与旧有的肤色相同……梁俊青说：'你的撞伤，是为了送大千的画，应该要求他赔你的下巴。'果然，我要大千赔下巴，他想了半天，没有妥当的赔法，最后他说：'你去买一瓶生须药搽上，变成像我这样的大胡子，下巴好坏，根本就看不见。'"（《铁报》1947.3.22）

家对镜子照照，下巴的纱布，包得像"圣诞公公的胡子"。啊！已是圣诞节的时候了！

（《沪报》1947.1.18—1.30）

丹青手即回春手，画士原来是大夫

十几年来，辛苦和烦恼就像一条蛇似的，紧紧地缠绕着我。去年乘东被撞，医生说如撞得低二分，断了大血管，立刻性命不保。我却以为撞成瞎子更不幸。现在下巴上，留一丝粉红色弧形的线纹，据说半年后可以完全褪尽，其实褪不褪没有关系，因为人要老了呀。不过，我应该感谢曼青的友情和朱克闻医师的细心治疗。自从这次撞车之后，使我改变了人生观，觉得生也有涯，不必太自苦，应该把这一些些青春的余辉，过得略为快活一点才对。因此对于一切的一切，都成了"马马虎虎算了罢"。说得好听，是看得开了；说得不好听，就是生活退化吧。果然，我是在退化，但进步的人，非待使我刮目相看，简直使我敬佩万分，这是谁呢？就是双青楼主吴曼青和梁俊青，这一对伉俪本来是医生，最近年却努力作画。曼青的"临古"真是一绝：我最欢喜她临石涛的山水，有马公愚题眉的堂幅，墨韵之佳，简直不可方物；临梅瞿山、项圣谟，都得"清""朗"二字之妙；临查士标设色山水，古趣盎然；还有一张背抚大千居士的梅竹，虽是戏笔，却也一丝不苟。俊青的翎毛，画得别有风味，英立雄瞻，自然玮丽。《雄鸡》《一路荣华》《抚新罗花鸟》等，自是清新之作，虽临本而有自己眉目，这就是个性的表现，很难能可贵了。还有他们二人合作的《富贵有余》和《双青图》，有白蕉、唐云、张炎夫等的题咏，更是锦上添花。共计二百余件，真是成绩斐然。好叫戴了画家虚名的我，惭愧之至。今日起，将在成都路中国画苑陈列，名曰"双青楼画展"。他俩习画行医，一双两好，真可谓是艺海的神仙啊！

（《沪报》1947.3.21）

艺余闲话

对于书画的旨趣

艺术的内蕴是很广繁，只就我所爱好而曾经学习的几种来提一提，我既不愿夸张，也不愿妄自菲薄，只是作一个忠实的简单的自白，反映出内心的剖面。自然，有很多不能充分地形容。对于书画诗词，虽同样为我所爱好，但因学习的久暂和每种程度的不同，便自然而然地起了一些偏爱，这是我一向认为抱愧而不能"一例求精"的遗憾。

书：我到十岁才学临帖，最初是写真书，每天要写二百小字、一百大字，实在够苦闷了。直到十七岁才学写隶书、行书，这才感到相当的兴趣，而临池的时间太短，实无足观。所以书法虽也爱好，有时却又认为很苦闷，大约这是因我学习的不合法，而又没有大好的成绩所致吧？

画：为了家藏较多，自幼耳濡目染，在稚小的心灵上，对于它是特别生了兴趣。记得九岁的那年，一时高兴，临了一页扇面，题几个不甚整齐的字"时年九岁"，这当然很可笑，但那时却非常兴奋地得意，现在想来，这要算是我学画的胚胎吧。以后在家严的指导下，临摹许多由简而繁的古画，直到十五岁才正式从师[①]，起初学了两年工笔，后来转学写意，四五年中的确很用功，不幸老师去世了，从此就只有自修，可是进步就很慢了。加之那时候懂得了诗词的韵味，把大部分的心力，都倾向在诗词的一方面。这样研习了几年，觉得诗是现实的，词是超现实的。诗是有着光大的波形的迈进，好像大自然的景色，可以舒畅人们的胸襟，使精神振作。词是有着摇曳的曲线式的韵味，仿佛是美妙的音乐，在幽茜的夜晚奏出，会给人们的灵魂由飘忽而陶醉。然而画，它是能比较□兼有，它能用书法的笔墨描写诗词的情调，同时诗词也能写出一些画笔所写不出写不到的意境。换言之，书画诗词，都有着连带的关系，倘能把它们熔冶在一炉，这是多么可爱的美妙的事呵！一张画有时是需要着诗词来补助，才会把人们眼睛看不见而只许心领神会的画的反面显示出来。然而我自问对于它们的工夫太浅薄，十几年来，既无多大进步，也没有过惊人的贡献，现在我差可一说的，只有对于艺术本身的认识，是由刹那的官能的刺激，而达到深刻的心灵的镌铭罢。在艺术的途径上，我还是个平地的前进者，不曾登到高峰呢。

（《逸经》1937年第33期）

[①]周鍊霞1922年从郑壶叟学画，1923年正式拜师，时年18岁。

推敲小记

昔人作诗，极重推敲，以好句天然，妙手偶得，究属鲜有也。而推敲不仅于一己，宜更求诸人，盖学问者，学于良师，问于益友，见善而从，指疵立改，庶可得学问之旨。余废学多年，记忆力复日就衰薄，偶有所作，绝少差强人意，顾犹乐此不疲者，借以陶养性情，而就商于知友，冀获切磋之益耳。忆曾有句曰"早月飞天悬玉镜，斜阳贴地展金毡"，小翠女士为易"飞"字为"窥"字；又《悼亚南》诗"伴尔长眠惟画稿，赚人清泪有诗瓢"，亦易"有"字为"剩"字，皆远胜原作。最近，卢溢芳先生于拙作《红楼》诗"簪花细楷灯前字，侧帽填词梦里人"，易"细楷"为"楷细"，"填词"为"词填"，只一颠倒，辞意均美矣。然有时推敲过甚，反失性灵者，如去岁吟《秋宵》有"中酒心惊何处笛，凭栏人数几家灯"，理斋主人[①]求对仗工整，将"人"字改"目"字，余病其强涩，独芍姝[②]称善，谓目固生于人面，有目即是有人，余曰："人非瞽者，当然有目，何需明言，致减全句神韵。"相持不下，卒就正于老蝶先

---

①"理斋主人"即蒋梅笙，江苏宜兴人，学者，擅诗词。1927年周鍊霞从蒋梅笙学诗词，后又与蒋氏门人共结梅社。

②"芍姝"即戚若英，号芍印，亦蒋梅笙女弟子，戚与夫婿徐建奇皆梅社社员。

生，先生亦以"人"字较佳。诸如"晚风扶絮怜飞白，斜日穿花补断红"，理斋亦为余改"扶"字为"舞"字，而余终不欲也。芬姑好嬉戏，亦曾为余改诗，思之发噱。余为"意境欲迷南北路，心情差比去来潮"句，微嫌"意境"二字欠稳，且太空泛，欲易而未得，芬姑见曰："何勿改为'目的'？对'心情'固天然工整，'目的'达不到，是以'欲迷'，于理解亦极通顺。"余为之绝倒。又一日，草题画诗曰："翠柳池边赏芰荷，晚妆新换砑光罗。一天风露凉无价，万里星河夜有波。俯仰莫嫌知己少，去来终让别情多。不如领略闲中趣，自汲清泉煎煮螺。"稿成置案头，适芬姑来，拈笔一勾，复掷笔大笑，视之，则将腹联勾为"知己莫嫌俯仰少，别情终让去来多"也，此非推敲，直是谑而虐矣！

（《社会日报》1938.10.26）

话　词

词为诗之余，故似诗而实异于诗，学者又以天才不同，个性有别，南唐北宋，代有传人，见解之殊，自未可以一己而概其余。今余所话者，仅管见一斑，原不足当博雅一粲，聊志余词学之心影耳。

窃以为词之美，在清丽婉曲，潇洒缠绵；词之力，在气象磅礴，慷慨悲凉。故力者如辣椒，磅礴足以扩胃，悲凉足以激泪；美者如橡皮糖，清丽易于上口，缠绵耐人咀嚼。惟得美较易，得力自难，美力兼得更难。余最爱南唐李后主词，其脍炙人口者如："春花秋月何时了。往事知多少。小楼昨夜又东风。故国不堪回首月明中。""独自莫凭栏。无限江山。别时容易见时难。流水落花春去也，天上人间。""剪不断，理还乱，是离愁。别是一般滋味在心头。"以极平凡之字，写不平凡之句，兼清丽悲凉，盖不止回肠荡气也。然不才未能学步，故与其无健嗓而唱"大江东去"，喊破喉咙，不如低吟"晓风残月"，差堪胜任。奈千古以还，旖旎辞章都被须眉占尽，如唐之飞卿、宋之少游，莫不文采绮丽、情致缠绵。其实寄慨遥深，未必尽是风花雪月，独裙钗队里绝鲜此类发挥。尝见廉南湖夫人有句曰"若使梦魂行有迹，门前石路半成砂"[①]，一往情深，道人所未道，可知绛仙螺黛毫，固不让江郎生花管，特以礼教刻毒，忌讳孔多，昔朱淑贞遇诽言，鱼玄机遭横祸，皆其例也。颇恨周公制礼，周婆不与争权，否则当不致如此偏倚而压迫女性，使止知生而愿为之"有家"，不复知有社会，更不知有国矣。试观节孝坊何其多，而爱国者何其少，我国几千年来，只花木兰、秦良玉、梁红玉等三数人而已。社会既以男性为中心，女性皆成附属，甚至成奴役，事事仰男人鼻息。（此

[①] 此句实来自朝鲜古代女诗人李玉峰《自述》诗，非"廉南湖夫人"（吴芝瑛）之作。

句不可曲解。）填词虽小道，未足以言救国，而登高自卑，察大亦未可遗细，求言论自由，固不止昂藏者为然也。岂应以十八世纪脑筋，伪为岸然道貌曰"香艳词非女子所宜"耶？然则从征万里，驰骋沙场，昔只宜于男未宜于女，今则最前火线，亦不少巾帼英雄，是亦宜于女矣。又如两性结合后，再存野心，昔仅不宜于女，固大宜于男，今则国法森严，刑章难犯，是并男亦不宜矣。可见宜与不宜，应随时代而进展，焉能泥古不化？况余非老子信徒，又非佛门弟子，则绮语丽词，自不在戒例。而才华尚浅，学力欠深，写缥缈予怀，还女红余绪，未为已甚，谁曰不宜？

昔写《苏幕遮》词（曾载于二年前《中国女子书画会特刊》）红豆阕，以女弟戚淑韵索红豆镶指环而作。其动机则因见前人有："雨声多，梧叶坠。点点相思，点点相思泪。贫里相如秋更累。得酒偏难，得酒偏难醉。 鼓三通，灯一穗。入夜还愁，入夜还愁睡。四壁寒虫心叫碎。梦也全无，梦也全无谓。"喜其气格别致，偶一效颦，寄淑韵并附小简，忆有云"御此指环，勿吝以玉手赐一吻也"。当时淑韵有和作，兹已捡得如下："露珠圆，霜叶美。粒粒珊瑚，粒粒珊瑚米。艳色红红还紫紫。恰称芳名，恰称芳名你。 吻留香，香印指。小小樱桃，小小樱桃喜。敢说士为知己死。多谢千金，多谢千金子。"有注曰："子者，女也，见《诗经》'之子于归''必宋之子'句。"是游戏兰闺，无伤大雅，初不料竟有人将余作与《修来生龛词》相提并论，牵缠附会,拟焉不伦。矧夫《修来生龛词》,既无明题,所指伊谁,自未可臆断,即或作者真愿拜女先生,固亦了不足异,不见王右军且学书于卫夫人乎?岂必夫子可化三千,夫人便不足为人师欤?是诚惑矣。特可恶者,彼玉面狐狸[①],既传侮辱之简,复填谩骂之词,实为女界之公敌,今虽前倨后恭,纵愿三百拜,余亦不欲列为门墙矣。至谓修来世相逢,则愿罚彼及如彼之男子,尽为牛羊,凡我可怜之女子,皆为牧者,日供鞭笞,方称快意焉!

前□为闺友陈玉华作画,写仕女望月凭栏,着轻纱短帔,胸际有结作蝴蝶舞。时玉华已去武汉,爰系《虞美人》词寄之:"临风短帔飘纱结。彩凤双飞翼。倘教随意绕天涯。不待梦魂早到玉人家。 好天良夜相偎惯。何事云轻散。而今倚遍曲阑干。始觉相思容易别离难。"当时曾刊于《东南日报》,今此观之,若在本报转载,更不知将被人歪缠至如何地步。其实"多情""相思"等字句,用于同性间,古已历见不鲜,如唐诗"情人怨遥夜,竟夕起相思""吾爱孟夫子,风流天下闻",若以为"情人""吾爱"皆恋爱之专名

---

① "玉面狐狸"即宋训伦,号玉狸,浙江吴兴人,喜填词。1938年夏秋之际,周鍊霞和宋训伦于《社会日报》就女性问题展开论战。事后,宋训伦得识周鍊霞,倾慕其人,表白后却为所拒,宋遂于《社会日报》再发表《修来生龛词》,愿与周鍊霞结来生之缘分。词中有"倾心愿拜女先生""来生莫再相逢晚"等句。(事见拙作《一生无计出情关》,载《无灯无月两心知》。)在宋训伦发表后,《社会日报》又刊周鍊霞《苏幕遮·红豆》(1938.11.5),周词本系旧作,不意有人竟疑与宋词相关,遂厚诬周与宋之关系。周氏此文,即感此而作。

词而诬古贤有同性恋爱事，宁非狂妄？一言以蔽之：思想无邪，方可以读诗；襟怀清朗，方可以读词。若彼妄人，不思浣净俗尘百斛，便以肮脏之心目论韵语，则见仁见智，徒显其存心不堪问耳！

（《社会日报》1938.12.5—12.6）

独见白蕉于云间

书家之于右军，犹儒家之于孔子，所谓集大成者也。自晋以还，学书者如百川朝宗，莫不奉王圭臬，迨自阮芸台倡尊碑抑帖之说，包慎伯、康有为推波助澜，书学风气为之一变。末流之弊，欺世盗名，数百年来遂无治帖学者，有之，惟云间白蕉先生乎！白蕉作书，笔姿遒美，而神韵静穆，秀不伤于纤，劲不落于犷，望之如洛浦神光、深山隐士，飘飘然出尘表而又绰有余妍也。或称之为明代书法，则不乐，尝见其早年刻一印，钤得意之书，文曰"晋唐以后无此作"，其自负可知矣。白蕉不仅工书，尤富于文章，恒于醉后得句，狂草寄人，同学二三子呼之为白左军，梅师每击节叹曰："接坠绪之茫茫，独见白蕉于云间！"①

（《社会日报》1939.8.12）

观联合油画展览会书后

西画，我虽不曾有实地研习的经验，但对它的兴趣却非常浓厚，遇到优美的作品时，往往会把我的心引得流连忘返。昨天，我到大新公司四楼参观联合油画展，又使我忘记了时间。②第一接触到我眼帘的，是陈抱一先生的作品，笔调是那么潇洒，敷色是明朗非凡，使我沉闷的精神跟着变了愉快。如《番荔枝》《黄蔷薇》《屋顶之雪》是更值得赞叹的，还有水彩画的轮廓，用铅笔似乎是毫不经意，但仔细一看，却是洗练非常，只要从这一点上，就可以知道陈先生的确下过一番苦功，才能有这样炉火纯青的成绩。朱屺瞻先生的《静物》和《赛马》等，都是幽静而又灿烂的杰作。钱鼎

---

①白蕉里籍金山，旧为松江府所辖，而松江古称"云间"，白蕉故自号"云间居士"，"梅师"（蒋梅笙）遂曰"独见白蕉于云间"。

②周碧初、朱屺瞻、陈抱一、钱鼎、宋钟沅联合油画展览会于1939年10月26日至11月1日在大新公司举办。周碧初，福建平和人，著名油画家、美术教育家。朱屺瞻，江苏太仓人，亦精国画，善竹石。陈抱一，广东新会人，油画家。钱鼎，上海青浦人，油画家、美术教育家。宋钟沅，江苏江阴人，油画家，原文误作"宋钟汕"。

周鍊霞像　陈抱一绘

先生的作风，我实在欢喜，《牧羊》是那样浑厚天成，《五台山》又是多么地雄奇瑰丽，还有号外的《跑马厅》，使人看了生悠然意远之感，真是不可多得的艺术结晶。周碧初先生的画，是近于印象派的吧？《闽江风景》《黄山暮色》好像那香积厨的素菜，淡而且鲜，别有风味。宋钟沉先生的作品，我要说是最赋有刺激性的，尤其是《女孩》《卧室》等幅，都像放了辣椒的川菜，味儿真兴奋极了。

综观以上五位艺人的作品，各有各的个性，在各种不同的笔法下，充分地表现出来。这次展览，无疑地在沉寂已久的洋画界里放一异彩，而给予我许多很深刻的印象。于是我把这些印象和自己的见解，尽情地写了出来，还望看过这画展的同好们加以指教。

（《社会日报》1939.10.29）

庞左玉念萱画展

左玉氏庞，吴兴望族也，生而明慧，学画尤富天才，初从郑曼青画师游，仅习花卉，不数年兼攻翎毛草虫。用笔爽而劲，设色妍而雅，章法极开展清新，其工夫洗练，真可压倒须眉，不若寻常闺秀只以柔媚取胜也。绘事之余，酷嗜平剧，学程腔有独到处，偶尔曼歌一曲，足以荡气回肠。凡求画者，如能操弦索，助其一歌，则兴致弥浓，乘兴挥毫使求者得先睹之快，亦可见其戏迷之深矣。平居事亲至孝，母患脑漏，疾甚，不能出语，又失聪，仅能以目示意，左玉执纸笔，绘图征母所欲，朝夕侍奉，衣不解带、食不甘味者凡累月。及母病殁，哀毁逾常人，曾发宏愿，为母造冥福，一年以来，专心致力于丹青，所作日益精进。其秀逸之笔，深得新罗神髓，生辣苍古，则直追青藤白阳。当选佳作三百幅，为念萱义卖，从二十六日起展览于大新画厅，凡一来复，售款除开支外，悉捐作申新两报[①]助学金，会看定件踊跃之日，即莘莘学子蒙惠之时。窃以处今之世，学艺纯孝如左玉者，实金闺之国士也！吾书至此，不禁掷笔呼曰："玉儿玉儿！真是可儿！"（左玉辄戏呼他人为某儿某儿，故云。）

（《社会日报》1942.10.28）

记四家书画展

冯文凤、陈小翠、顾飞及谢月眉[②]，近正在宁波同乡会举行四家书画合展，今日为第一日（五日为止），其作品共约三百余点，凡山水、人物、仕女、花鸟、虫鱼，莫不精妙绝伦。惟冯之出品，独多书法及油画，但亦只一百点，除一部分为非卖品外，悉充义卖，捐助南市新普育堂，且书画概不复定，故定件者非踊跃争先，必将坐失墨宝。夫近代女画家，其有擅长油画者，为数虽众，然欲求如冯之笔调洗练沉着、富于美的感觉者，则殊罕觏，良以冯尝漫游欧洲，专攻艺事，学养有素，方克臻此也。冯之书法小屏，摹秦汉槃

---

① "申新两报"即沪上《申报》与《新闻报》。《申报》（1942.10.29）亦刊有《庞女士念萱国画义展志》。
② 谢月眉，江苏常州人，女画家，善画花鸟，中国女子书画会会员。冯、陈、顾、谢曾举办过多次"四家书画展览会"，周鍊霞另有《观四家书画展记》刊于《社会日报》（1940.6.2）。

铭，生面别开，古趣盎然。又陈之仕女，风格高逸，花卉则妍雅绝俗，山川灵秀之气，悉萃于斯人，殊非庸手所能望及。其近作如《湖楼梦影》四幅，尤工丽不可方物。昔王摩诘画中有诗，今于小翠，吾亦云然，此作堪与其《西泠》套曲及《梦江南》后曲等相印证，曲载其旧作《翠楼吟草》，亦在会场附售。观四家之出品，以谢为最少，但工整娟秀，恍如美女靓妆，而其用笔敷色，能窥宋院本之精妙。至顾之山水，生辣干净，功候已深，其出品有一手卷，长几盈丈，寻常须眉尚不敢轻易下笔，其力学不倦，尤可佩焉。

（《海报》1943.7.1）

"兒"字的笑话

画好了一张仕女，背后添一扇屏风，屏上要请别人画些山水或花鸟，完成"画中画"的意思。就托朋友带给东原居士，并附一张便条："东原我兄：送上拙绘，请于屏风上补绘山水或花鸟，并题款识，一星期来取，费神容面谢。霞拜托。"一星期后去取件，一看屏风依旧是空白，正要怪他不够朋友，而他却用指尖向我点点说："你这个人啦，真要不来的，要人家补画，还要讨人家的便宜头，简直岂有此理！"我非常惊奇："几时我讨过便宜……"他开抽斗，取出那张便条指给我看，原来我写的"兄"，不知怎样多了两点，变成了"兒"字，再想一想，才知道是经手的朋友恶作剧。我向他说明了，他也看出墨色的不同，立刻就在屏风上补好了画，我道了谢，把画收好，看他随手拿起剪刀，把兒字的口内两点挖去。我笑着说："是的，你不够称老，应该请牙医师拔去两只门牙，才好从'兒'字辈升到'兄'字辈……"

"你又想讨便宜吧？咒你生个热疖头兒像这么大！"他把便条搓成团向我扬了一扬。我学着他的口吻说："你们什么都叫兒——热疖头兒，甲夹的兒？会像纸团兒？"他听了哈哈一笑，纸团也就落在地下了，他本来想责罚我的，也就忘记了。[①]

（《海风》1945年第3期）

诗　债

梳头的时候，马先生[②]来，穿一件深色长袍，颔下疏髯飘飘，颇有些儿仙风道骨。他一把卷纸放在案上说："你

[①] "东原居士"即唐云。唐为杭州人，杭州方言中多儿化音。本文中"儿"统一作"兒"，以合文意。
[②] "马先生"即马公愚，浙江永嘉人，名书家，亦擅绘事、篆刻。

马公愚像　周鍊霞绘

答应的题画诗写好了吧？你已经过期不交卷，今天特来坐索。"我望着他嘻开的嘴，所答非所问地："你的牙齿坏完了，为什么不去修补呢？"他说："我已老了，修补也是马齿徒增，不像你赖了诗债还要梳妆。"镜子里反映着他的马脸拉得很长，显然是不大高兴。只得放下梳子，打开他的画件，第一映进我眼帘的，是一只小蜗牛，我笑笑说："诗没有写，联语却有一副。"他说："也好，说出来给我写对时多一种句子。"我指指他的脚又指指画幅说："人无蹄何谓马，蜗有角是为牛。"他笑了一笑说："不要胡闹，快些给我写诗……写不出，少写一点也行了。"我说："少么，少到写七绝一首算数罢。"于是我挑了一幅丝瓜蜂窠，题了四句："瓜种垂丝绣不如，摘来恰好助盘蔬。等闲莫笑蜂房窄，绝似而今海上居。"他极口称赞末句，摇着马首，再三朗诵，窗外风来，吹着他的疏髯，格外飘摇不定，我禁不住好笑起来，他却一本正经说："笑什么，读诗应该是这种音调，这种姿态……"我勉强忍住笑说："不错，尤其是你的姿态好极，使我想起古人的一联名句，下联是'日射龙鳞万点金'，上联很像咏你。"他眼睛向天，眼球转了几转，把画案拍了一下，又把画件收起："呸！不来听你的，什么名句，简直没有好话。"他说着揣了那卷画，笑着走了——呵呵！原来他也想起了上联是"风吹马尾千条线"哟。

（《海光》1945年第2期）

慰大姊

大姊姊鲍亚晖[①]，常是愁眉不展。她说，面临着新时代，她的先生，还仍旧把她藏在闺中，不肯"带"她到社会上"出场"，她像一位打落冷宫的皇后，觉得太闲了，又寂

[①]鲍亚晖，江苏宜兴人，女画家，中国女子书画会会员。其时海上女画家有十姊妹之盟，"大姊姊"即鲍亚晖，余者为荣君立、侯碧漪、吴曼青、雷佩芝、周錬霞、吴青霞、周秀菊、沈雁、吴燕。鲍亚晖的先生潘序伦，为著名会计学家。

寞，又苦闷……我却认为她太想不通了！男人是人，女人也是人，为什么女人一定要男人来"带"呢？难道自动地就不能"出场"吗？其实，先生对太太忠实，能与合作，当然是幸福的，否则，也算不了什么不得了的悲哀。结婚，只是人生一小部分，并不是整个的人生，何况人有五伦，除却这一伦，还有其余的四伦。如果你能投身社会，那还有广大的群众呢，你的人生，决不会寂寞，更不会苦闷。不过最重要的，还得要看你本身的条件够不够来决定你的收获，那就是，要有健康的身体、正确的思想和一双能够劳动的手……大姊姊点点头，她已展开愁眉，微微地笑了。

（《大报》1949.8.24）

诗词辑补

鹊桥仙　填词题陈伯仁先生杏梅图

晴葩烂漫，暖香缥缈。绛雾红烟轻罩。分明醉煞玉楼人，倚碧槛、并肩含笑。　　额妆点就，眉痕画了。鼓瑟调琴永好。不辞清瘦似梅花，试问取、几生修到。

（《趣报》1926.2.2）

按：该词亦见《新声》第2期，署"杏梅图咏专号"，杏梅室主有《弁言》云："《杏梅图》成后，承海内诗伯惠题，何止三百，兹因有《杏梅图咏二集》之辑。特将诸先生赐下之珠玉，选未经各刊物刊过者，借此《新声》地位，先刊一二，尚望海内大家，有以赐教是幸。"又见《妇女月刊》（1927年第1卷第3期），词后有陈伯仁按语："余自以贱名及内子小字合取室名曰'杏梅'后，成《杏梅图》……"

一剪梅

记得移樽酒共尝。学个清狂。做个清狂。惺惺顾曲倚红妆。羞我周郎。骂我周郎。　　璧合珠联照画堂。贺您新娘。伴您新娘。而今赢得是凄凉。欲不情伤。那不情伤。

(《自由三日谈》1927.8.22)

荆州亭

犹忆灯前月下。悄把衷肠共话。同是可怜人,何必呼侬阿姐。　已恨文姬远嫁。岂料魂随梦化。任是笔生花,如此悲怀怎写。

(《自由三日谈》1927.8.22)

忆江南

遗珠细,怎敌泪珠多。隐约昨宵魂梦里,犹闻娇语唤哥哥。真个有灵么。

(《自由三日谈》1927.8.22)

按:上三首与《踏莎行》(璧月空圆)共题曰"吊亡词",有序云:"义妹徐小茜,秀外慧中,雅擅书画,尤长音乐。甫于天中翌日,与江克海君结缡,不谓婚三日而疾,疾半月而亡。呜呼!彩云易散,黄土无情,天何忍才如斯耶?爰作词以恸之。"《踏莎行》(璧月空圆）已辑入《无灯无月两心知》。《忆江南》后周氏自注："小茜平昔唤我为'霞哥哥'，弥留时曾贻我明珠一串也。"

月　夜

可堪旧事□无端，一样清辉照夜寒。记取茫茫湖水上，空将梦影卜团圞。

蟾光如水浸床前，洗净幽肠更可怜。悟到色空空色理，姓名应悔注情天。

（《礼拜六》1929.2.2）

按：《月夜》原共四首，其一其二已辑入《无灯无月两心知》，题曰"月夜书感"。其四"姓名应悔注情天"，谓情天难补，而"鍊霞"之名，即用女娲氏炼石为五色霞补天之典故。

摸鱼儿　读《春波影》倚声题此

甚匆匆、风吹蘋影，良缘终被天妒。聪明况受多情累，浪说三生奇遇。寻伴侣。好向着、红颜知己心同诉。喁喁尔汝。尽锦字书投，琼箫曲按，韵事几番数。　　黄金祟，谁道鸩媒偏误。东西沟水分注。相思从此如天远，肠断萧娘书句。春又去。痛说道、伊人薄命归黄土。情天愿补。嘱待阙鸳鸯，他生缘会，有错莫重铸。

（《礼拜六》1929.7.13）

按：《春波影》系吴门双修居士所撰之说部。双修居士名赵廷玉，徐晚蘋曾从之习诗画。《春波影》有国光印书局1929年排印本，书前有徐晚蘋、周鍊霞题词。

自题画柳

澹澹春痕销碧烟，无端赚我十分怜。一番宛转余愁结，几度低徊惹恨牵。瘦损腰支还婀娜，别离心事最缠绵。何堪写入生绡里，纵不思量亦惘然。

（《礼拜六》1929.11.9）

新　月

寒光隐约过屏山，香雾凄迷湿翠鬟。天意不知人意苦，故将颦笑学眉弯。

(《礼拜六》1930.3.22)

临江仙

才喜芳园绿遍,生憎杜宇催归。良辰美景本来希。况兼晴日少,长是雨霏霏。　柳弱花残无力,倩谁挽住斜晖。明知来岁是佳期。怎生排遣得,九度月明时。

(《礼拜六》1930.5.31)

鹧鸪天　题冯文凤女士玉影

一片心情似水柔。轻罗伞底俏回眸。分梳蝉鬓香云腻,浅画蛾眉翠黛羞。　翎扇拂,绣鞋兜。倦容疏态越风流。惯将彩笔传春色,如此风光画也不。

(《礼拜六》1930.6.28)

春日杂咏

昨宵弦管懒为听,独上高楼倦眼醒。春到人间人未觉,一声啼鸟万山青。

画阁侵晨敞碧纱,凝看晓日上檐牙。沉沉幽巷无人语,一种春声唱卖花。

晨妆点缀鬓边鸦,欲采庭前茉莉花。卷起珠帘刚一半,羡它春燕早还家。

江南春好住谁家,欲问东君愿已赊。那更黄昏人不见,海棠花外响琵琶。

(《中国女子书画展览会特刊》1934年)

春 雨

阴沉天气滞吟眸,开遍花枝懒上楼。恼杀一帘丝雨迥,密文不织织春愁。

(《中国女子书画展览会特刊》1934年)

按:上五首由张宪光先生于《周錬霞的几首集外诗》(《南方都市报》2012.12.16)中披露。唯"丝雨迥"张文原作"丝雨迴","迴"字平声,必误,疑即"迥"字之讹。

菩萨蛮

西风一夜惊秋早。小园满眼秋光好。艳影伴秋花。风流陶令家。　　梦残飞缓缓。莫道寻芳晚。蜜意几多时。问它知不知。

按：此词录自编者所藏周鍊霞画作照片。款云："鍊霞写旧作词意。"

斑园即事

阶前玉树绿樱花，一角红亭曲径斜。世外桃源供小隐，何须啸傲寄烟霞。

华堂此夕绮筵开，槛外秋千送影来。莫道红尘飞十丈，人间亦有小蓬莱。

（《晶报》1936.6.7）

按：斑园即简又文之园，园中植绿樱花，周鍊霞另有《为简又文先生绘绿樱花并题》诗，已辑入《无灯无月两心知》。

献子被兵祸来申家人离散痛哭不已诗以慰之

何处桃源是故乡，漫天烽火走豺狼。劝君有泪休轻洒，留待他年吊战场。

白骨纵横乱似麻，妖魔吮血尚磨牙。英雄莫学痴儿女，国不存时岂有家。

（《社会日报》1938.7.18）

按：原诗共四首，前两首与周鍊霞1945年赠朱复戡《七绝二首》相同，已辑入《无灯无月两心知》。

即席口占

婵娟自是多文采，都向华堂祝嘏来。闻到先生呼小字，两行红粉一齐回。

（《社会日报》1938.11.10）

按：诗题为编者拟。据该日《社会日报》宋训伦《玉狸琐记》云："中秋前一夕，丁悚先生华诞，时代女儿翁玉瑛亦择于是日父事丁先生，美人名士趋阶申贺者，济济一堂。丁先生有令媛曰一英，其名与玉瑛极相□似，故丁先生呼时，二人一齐回首，各疑呼己也。鍊霞乃即席占一绝云……假前人成句,供自己驱遣,似初拓黄庭,恰到好处,而八叉七步之才,出于闺阁,尤令须眉失色矣……"

金缕曲

烽火漫天起。望西南、干戈扰攘,太平安冀。多少古今亡国恨,谱入管弦声里。似诉与、江山如此。孤岛生涯原是梦,倩黄钟、警醒痴人寐。何止是,戏而已。　　氍毹一现谁为记。怕台前、云烟过眼,易成消逝。儿女英雄悲壮迹,收贮松花片纸。更分付、铜图金字。两度来时圆月证,趁霜飚、一日行千里。休便作,等闲视。

(《半月戏剧》1939年第2期)

按:词后款云:"右调金缕曲题戏剧半月刊应梅花馆主属。戊寅立冬錬霞初草。"梅花馆主即郑子褒,《半月戏剧》主编。1938年程砚秋来沪演出,郑氏遂邀周錬霞填词。

调唐大郎

怀素而今不种蕉,纱窗懒听雨潇潇。却怜小妹娥眉浅,虢国曾经素面朝。

(《社会日报》1938.12.28)

按:诗题为编者拟。据该日《社会日报》唐大郎《暂醉佳人锦瑟旁》(署名云哥)云:"耶诞之夜,丁慕琴先生府上,集艺苑名流,复极裙屐蹁跹之盛……鍊霞知愚之力扬素琴,又倾心于雪艳,因作绝句见示云……鍊霞曾观雪艳演虢国夫人,故末句乃云……"文中"素琴",即金素琴,名女伶,时唐自起笔名"怀素",即寓怀素琴之意。周鍊霞此处反用唐人怀素种蕉学书之典。王雪艳,文明戏演员,时称"小妹子"。

赠金素琴

流水高山海上琴,唐宫仙曲有知音。美人合住黄金屋,夜夜丝弦说素心。

待将世事问弦歌,玉笛瑶琴感慨多。灯下丰神无限好,布衣端合傲绫罗。

(《社会日报》1938.12.28)

按：诗题为编者拟。据该日《社会日报》唐大郎《暂醉佳人锦瑟旁》云："又赠素琴两绝句云……素琴感谢，谓光宠多矣……"

为梅艳画梅

自与苍松作一家，玉炉香里影横斜。胭脂试染怜才笔，细写东风第一花。

(《周梅艳特刊》1939年)

按：周梅艳，沪上名女伶，时追捧者结为"梅社"，为印《周梅艳特刊》。当时，周梅艳为沪上戏曲界名人范松风义女、卢溢芳弟子，故周诗云"自与苍松作一家"，又云"玉炉香里影横斜"，暗扣"松""卢"二字。

一剪梅　赠吾家梅艳

艳色由来下笔难。月偃眉弯。云螺香鬟。灯前玉骨忒珊珊。点额花繁。索笑唇丹。　　合依苍松耐岁寒。荫护朱颜。声重歌坛。举杯同祝孝和贤。酒似源泉。人比神仙。

(《周梅艳特刊》1939年)

按："云螺香鬟"原作"云骡香鬣"。"鬣"处为韵脚，当系"鬟"之讹。"骡"疑为"螺"之讹，作"螺"虽意妥，惜为平声，于律未合，存疑俟考。

貂蝉席上打油纪趣

芳松有约在貂蝉，席摆梅花五桌圆。莫道花团和锦簇，一时裙屐尽翩翩。

相机镁电一齐来，软片琉璃印活梅。闻道一声开麦拉，请将尊颈暂排回。（言内向一排的头颈，向外回也。）

旨酒嘉肴悦众宾，是谁起立欠腰身。要听上桌霓裳曲，不惜甘为下作（桌）人。（下桌，乃将梦老妙语，谓下边一桌，要听上边一桌的妙曲，非真自谦"下作"也。）

松下寒梅好护持，当筵同倚玉横吹。摩登毕竟真平等，合唱昆腔表孝慈。（义父干女，合唱《小宴》，异口同声，美不可言。)

三杯落肚发狂痴,此笔文坛第一支。背转身来歌半曲,沙喉赛过老牌麒。(唐大郎唱麒调,妙不可辣酱油。)

满桌琳琅赠品堆,歌声还共漏声催。阿谁倘有文园渴,长乐台前去望梅。

末座叨陪尽一瓯,不妨雅谑代歌喉。劝君莫笑诗才滑,酒入欢肠化作油。

(《锡报》1939.1.21)

按:据该日《锡报》周鍊霞《为梅艳画梅》载:"十八日松风、一方两先生,设席于貂蝉餐室……到者各携礼品寿梅艳小姐……"诗中"芳松"即卢溢芳与范松风;"开麦拉"乃相机;"妙不可辣酱油"乃妙不可言(盐)的诙谐说法;"长乐"系当时周梅艳演出之长乐剧场。

题赠郑明明

晚蘋数数言,大都会女儿郑明明,伴舞之暇,颇勤习画。今日该厅举行慈善茶舞,明明出所作,无限价售助难民。噫嘻!可儿,可儿,固不仅以貌悦人也,用嘉其志,诗以宠之。

双声叠字记芳名，宛转扶肩若有情。莫笑生涯浑似梦，梦余醉眼问谁清。

听彻琵琶唤奈何，岂同商女隔江歌。斯人独有伤时泪，洒入丹青水墨多。

雪肤花貌寻常见，蕙质兰心未易求。解得灾黎饥渴苦，舞鞋画笔各千秋。

霓虹灯底十分娇，一笑回眸闪步摇。认取解囊多少客，可怜还赖女儿腰。

（《社会日报》1939.10.1）

花木兰歌

亳州佳人木兰女，生长深闺弄机杼。为有桑榆白发亲，未谐金石同心侣。此时天子好边功，兴师十万下辽东。羽书征发丁男尽，府帖勾提里巷空。佳人掩袂三叹息，阿爷此去无相识。宁甘薄命事戎行，忍使高堂流异域。红妆洗尽换征袍，粉靥拖残被金革。日夜惟闻笳鼓声，关山遍是旌旗色。东征铁骑军容盛，一十八战皆乘胜。朔风凛凛透罗襦，边月凄凄挂妆镜。玄菟城南画角哀，碧蹄馆外烽烟静。振旅归来拟拜官，上书北阙顾生还。可怜故里从军伴，犹作边头侠少看。徐向绿窗开绣帖，早舒红袖拾金镮。兹事从来未经眼，大家召入昭阳选。恨杀西施不浣纱，羞随赵后夸同辇。珠歌翠舞更何心,蕙折兰摧应不免。归去香尘化蝶飞,听来血泪啼鹃远。君王哀痛失倾城,爵谥重斑吊九京。报国勋劳推汗马,全躬苦节付青萍。丈夫巾帼羞应死,女子兜鍪气欲生。不向紫宫忧祸乱,转教青冢忆娉婷。玉钩斜畔风流尽,千载犹传孝烈名。

(《锡报》1939.10.25)

按: 由卜万苍导演的《木兰从军》1939年2月在"孤岛"上映后,曾引起轰动。周錬霞之诗,当有感此片而作。不过,电影中花木兰与有情人终成眷属,而周诗却采用了天子欲纳木兰为妃,而木兰不从最终自尽的传说。

浣溪沙

无力垂杨袅乱丝。倦飞蝴蝶驻高枝。小楼深院独归迟。　未得见时难梦想,却从闲处易相思。东风红豆断肠诗。

(《金刚画报》1939年复刊13)

待秋风

似点点明星碎。似颗颗相思泪。又似累累葡萄坠。他时一串佩兰胸,恁珠光宝气。　况是千山万水。况是心中梦里。更况是风流年纪。何时一会抵三生,待秋风问你。

（《社会日报》1940.8.30）

白芍药顽石

易消色相归平淡,难遣心魔入渺冥。果有生公能说法,不辞终日点头听。

（《社会日报》1940.10.24）

菩萨蛮

殷勤劝我盈尊醑。拂人清气飞眉宇。生怕语难传。移来邻座边。　墨华绸结整。恰称银丝领。相对旧风标。翻疑影太娇。

（广东崇正2018年春拍）

按：此词辑自《周錬霞影集》中宋训伦所书《汝南

君词选》。"汝南"为周氏郡望,周鍊霞曾用"汝南郡主"白文方印。

题梅松图

梅娇如妙女,松老若虬龙。对此酌芳酒,何辞千万钟。

(广东崇正2018年春拍)

按:此诗辑自《周鍊霞影集》画上题诗,诗题为编者拟。款云:"庚辰九秋月鍊霞作并题短句。"

双　雏

紫薇垂绣幕,碧草展芳茵。唧唧埘间韵,融融砌下春。方雏应共惜,生小自相亲。他日丰毛羽,一鸣定惊人。

(《社会日报》1941.12.6)

松梅绶带

长松挺挺凌烟雨,夭矫梅花瘦不禁。绶带未嫌霜气肃,飞来同守岁寒心。

（《社会日报》1941.12.6）

即　事

煤屑调匀入钵盂，当它滴粉与搓酥。只怜玉指纤红甲，尽似寒鸦一色乌。

米粮有价三升限，文字无灵百愿虚。却喜近来能健步，不须陌上走香车。

（《社会日报》1941.12.24）

按：《即事》原共四首，皆咏物资紧张时女诗人轧米节煤事。其一（升米真成一斛珠）与其四（金炉虽设久无烟），已辑入《无灯无月两心知》。

二按：其二（煤屑调匀入钵盂），曾由张炳勋先生于《螺川女史佚作掇拾》（《温州读书报》2014年第5期）中披露。

三按：陈灵犀《猫双栖楼随记》（《社会日报》1942.1.17）载："向鍊师娘索诗，师娘笑曰：'日来为轧米忙，那有闲情，寻章摘句？'疑其戏言，聊以喷饭。师娘正色告曰：'诚若是，非謷语。'盖命女佣入市籴米，黎明即出，既昏始归，而犹妙手空空，颗粒不得，虚言轧米之状，实则寻欢乐去也。故持绣花枕衣，自往轧之，疗饱是务，诗筒画笔，因以久废……"

葡萄图为恒顺酱醋厂作

葡萄之酸酸而甘。香醋之酸酸而醇。诗人之酸酸而寒。胸中但有凌霄志，何事长日埋首楮墨间。噫吁嚱，世道还如蜀道难。青天冥冥白云闲。我无唾壶可寄慨，其惟击缺恒顺酱醋坛。

(《社会日报》1942.3.27)

按：诗题为编者拟。据该日《社会日报》陈灵犀《猫双栖楼随记》载："我为恒顺（酱醋厂）征题诗文书画，不下数十帧，皆出当世才隽之士，而压卷之作，当属錬霞。兹录其句，读者亦必同击节，拜下风矣……图写葡萄累累然，缀以花叶，设色浓丽，笔致清新，尤叹其工于状物，有颊上添毫之妙也。"

题知止画史

百善由来孝最先，画图长日侍椿萱。陶朱自昔称雄杰，游钓居然作地仙。

博采群言匡世道，闲从空理悟真禅。高情更羡云间鹤，却把丹青次第传。

(《社会日报》1942.4.7)

> 按：诗题为编者拟。知止老人丁健行，经商有成，曾撰生平事略二十八则，其内容重在提倡孝道，以匡世道人心。后请画家钱云鹤依次绘图题诗，刊行成册，题为"知止居士画史"。1942年1月15日，《社会日报》登有《知止画史征求诗文启》。1942年4月7日，《社会日报》登有丁健行《塞翁杂写　周葡萄》一文，盛赞周錬霞善画葡萄，并云："承老友田寄痕兄代求女士法题知止画史二绝……"

题郎静山先生摄影于云桐书屋

乱石苍松路不分，西风无赖对斜曛。山亭恰称幽人住，独倚高秋啸白云。（松亭秋晚）

江上芦花减旧肥，波纹如锦织斜晖。人生碌碌成何计，不及沙鹇自在飞。（芦岸翔鹇）

(《社会日报》1942.4.29)

停云楼上作

清瘦应疑鹤鍊形,等闲莫放酒杯停。画中有画同邀月,楼上高楼许摘星。艳说麻姑有长爪,未妨青女冷朱瓨。凭谁为唱伊凉曲,倦倚西风侧帽听。

(《社会日报》1942.11.6)

按:诗题为编者拟。据该日《社会日报》之《停云楼唱和集》,此诗为周鍊霞于停云楼上,与符铁年、邓粪翁、杜稳斋、徐近楼、孙雪泥、蔡易厂、陈乃文、陈小翠等唱和之作。

题仕女图

自在霜花清入梦,娉婷人影澹于秋。开帘一片新凉意,红叶催诗到画楼。

(上海驰翰2015年春拍)

按:此周鍊霞画上题诗,诗题为编者拟。款云:"甲申天中节鍊霞写于螺川诗屋并题。"

题丹桂仕女图

碧云无际夜漫漫,桂殿秋清玉团团。谁识嫦娥心事重,五衣铢薄耐宵寒。

(《东方日报》1945.9.11)

按:诗题为编者拟。原诗序云:"为桂□先生绘月中丹桂,并附赠有美一人,嫦娥有知,其亦笑我多事耶。"又,"团团"于律未叶,疑误俟考。

赠王玉蓉

琵琶旧有明妃曲,千载佳人又姓王。却向红氍留色相,芙蓉出水玉生香。

(《半月戏剧》1947年第3期)

按:王玉蓉,京剧名伶,工青衣。诗中"红氍",原作"红瞿"。红氍系红色毛毯,代指舞台,以意改。

寿吴青霞

篆香阁上有青霞，九十春光兴未赊。待到双星重会日，芙蓉帐暖唤他呀。

（《铁报》1948.2.14）

按：诗题为编者拟。据该日《铁报》张秋虫《寿筵记趣》（署名羌公）云："君质健谈，每语及其夫人，辄以'她呀'两字为代词。其音调其表情，饶有话剧作风，故诸姊妹咸以此为调笑资。錬霞即席赋诗，为青霞寿，句曰……"诗中"篆香阁"，为吴青霞斋名。文中"君质"，即虞君质，能书画，文艺评论家，美学家。"其夫人"为吴燕如。

二按：诗中"兴未赊"，原作"兴未徐"。此处为韵脚，以意改为"赊"字，盖形近而讹。

解放前后曲 应变

黄鱼串串满街弄，都道人人应变中。最是不堪联想处，未经血雨已腥风。

安贫陋巷出无车，何必盘餐食有鱼。萝卜黄姜加酱醋，辛酸滋味免生疏。

(《大报》1949.7.7)

　　按：沪人称金条为"黄鱼"。诗盖言上海解放前民众抢购黄金之情形。

解放前后曲　听炮　民夫费

　　远近机声杂炮声，人人枕上梦魂惊。轰雷急电晶窗碎，一夜隆隆响到明。

　　家家都派征夫费，老弱残丛一例同。不管壕沟犹未竟，民间罗掘早成空。

(《大报》1949.7.8)

解放前后曲　五月二十四日

　　晓雾将开望眼迷，满街无故乱飘旗。不闻捷报何来庆，误尽苍生尚自欺。

　　如何黩武梦难穷，失尽人心恶恨终。十丈红尘千种血，一齐痛哭骂枭雄。

（《大报》1949.7.9）

按：1949年5月24日，即人民解放军进入上海市区的前一天。诗盖言此日国民党政府仍假传胜利、欺骗民众。

解放前后曲　解放日

朝阳赤帜映相红，标语行行四境通。自笑醃蔬犹未熟，迅如温酒斩华雄。

迎军人海踵肩磨，眉掖清芬笑意多。子弟少年朝气足，满街争唱扭秧歌。

（《大报》1949.7.10）

解放前后曲　银元禁

到处叮当响不休，六街充斥尽银牛。一时物价飞飞涨，标码全凭大小头。

大车过市播宣言，看捕黄牛笑语喧。物价果低民业稳，万人歌颂禁银元。

（《大报》1949.7.11）

按："银牛"，倒卖银元之小贩；"大小头"，即银元中的"袁大头"与"孙小头"。诗盖言上海解放初政府通过禁止炒作银元来平抑物价事。

防　疫

鼓乐舞跳缓缓来，蚊蝇逐队塑形骸。儿童遥指争相问，却道游行示疫灾。

十字街头说法新，白衣仙子指迷津。为防瘟疫深为害，故把金针广度人。

（《大报》1949.7.14）

按：《新民报》（1949.6.14）刊有《卫生局宣传防疫化妆大游行》云："儿童音乐队前导，后为各项标语，醒目之防疫漫画，吉普车、大卡车上各种化妆表演游行队伍……"诗中"蚊蝇逐队塑形骸"当即游行中"化妆表演"之情形。

解放前后曲 人民券 折实存款

但使人民券独尊，人民价值自然存。只求通货无膨胀，大票高峰二百元。

作伴终年写字台，宜存折实是薪阶（薪水阶级也）。倘教物价生波动，可向银行仰挂牌。

（《大报》1949.7.16）

按：人民券即人民币，解放初上海政府虽以人民币取代金圆券，但仍无法阻止物价快速上涨。后推出"折实存款"，即存款时以货币折成实物存入，取款时再以实物折合货币给付。在特殊时期，"折实存款"可保护"薪水阶级"的利益不受货币贬值的影响。

题孟絜夫人江山无尽图卷

南宗寥落北宗衰，乱世惊看画笔奇。螺黛染成丘壑秀，铅华洗净水云宜。乘来小艇闲寻梦，坐对虚窗细论诗。一卷江山无尽意，却教才气属蛾眉。

（《大报》1949.8.1）

鹧鸪天　题《绿遍池塘草》图画册

百感人间绮语生。鹧鸪啼破一声声。笔画旖旎淋漓处，鬓影参差飘渺情。　　真与幻，醉还醒。行云流水本无凭。天涯芳草迷沉绿，只为通犀一点灵。

（上海图书馆藏《佞宋词痕第二册》手稿）

按：《绿遍池塘草》为吴湖帆悼念潘静淑之诗画册。周鍊霞题词二首，其一《喝火令》已辑入《无灯无月两心知》，其二即《鹧鸪天》。事见拙作《吴湖帆与周鍊霞》（中华书局2021年）。

题施畹秋墓碑二首

愁来不觉醒如醉，缘尽方知怨亦恩。一尺碑埋千尺恨，夕阳无语吊芳魂。

红粉已成前日梦，丹青难写此时心。花开花落浑闲事，千古才人白发深。

（上海图书馆藏《丑簃题跋稿》手稿）

按：吴湖帆与施畹秋之韵事，尝载陈巨来《安持人物琐忆》，然所述多夸饰，与事实或未尽符。惟今杭州水乐洞中仍可见吴氏题壁"戊辰闰二月江南吴湖帆携施氏婉秋游此题名",知二人韵事亦非凭空杜撰,惜文献不足征也。此二诗录自吴湖帆《丑簃题跋稿》,系周鍊霞应吴氏之请而作于1953年前后者。

清平乐

月波疑滴。滴向琼杯液。万里云涛铺粉墨。吞吐金蟾弄色。　　年年碧海青天。嫦娥应悔成仙。照彻清秋良夜,争如人月双圆。

（上海图书馆藏《佞宋词痕刻后稿甲午起》手稿）

按:1954年中秋,吴湖帆与周鍊霞以宋人史达祖"月波疑滴"为首句,各赋《清平乐》。事见《吴湖帆与周鍊霞》。

题梧桐蝉栖图

含烟带露晚吟时,知了问伊知未知。莫向清秋怨寥落,西风高占凤凰枝。

（北京保利2019年春拍）

按：此吴湖帆、周鍊霞合作《梧桐蝉栖图》之题诗，诗题为编者拟。款云："鍊霞补蝉并题。"

乙未上元会饮联句

东风三日雨侵寻（许傚庠），元夜江楼集素心（李蔬畦）。人语灯前颜似酒（缪子彬），诗才袖底字如金（周鍊霞）。清游未许寒威阻（丁蘧卿），圆魄行随淑气临（陈文无）。约取花朝重觅醉（吴眉孙），莫教盛景去骎骎（梅鹤孙）。

按：此诗油印稿由王子矜先生提供。乙未（1955）上元夜，周鍊霞等八人即席联句，而后分咏。周氏分咏诗即《乙未元夕醵饮席上联句后作》，已辑入《无灯无月两心知》。吴眉孙分咏之作有云："即席联诗愧才弱，让他女将独登坛。"即赞周鍊霞诗才独擅。

清平乐 熏炉

黄金为屋。雕镂花纹簇。兽炭红添纤手玉。沉水奇楠交馥。　砚池融尽冰痕。重帘留住花魂。却念坐来荀令，几回消受温黁。

　　频添龙脑。活火飞金罩。暖雾氤氲怀抱好。镜里朱颜未老。　　错疑花底春回。长宵伴我衔杯。不似博山心字，相思容易成灰。

（香港《大公报》1956.2.6）

　　按：《大公报》编者记："海上词坛，颇不寂寞，尤以吴眉孙、姚虞琴诸老结集的词会，最为热闹。周鍊霞女士是他们的词友之一。鍊霞四十许人，但在那些七十岁以上的老词人看来，她还是女孩儿家罢了。今冬由吴眉孙发起出了一个'消寒九咏'的课题，限定日期，要大家缴卷，鍊霞毕课最早。她的九个题目，有诗也有词，写得柔情似水，腻语如环，可以见得频年她虽忙于工作，也忙于生活琐事，但终不减其绮思清才也。"

　　二按：第一首词中"温黁"，原报作"温馨"。"馨"属"九青"韵，与"十三元"之"痕""魂"不可通押，故此处疑当为同属"十三元"之"黁"。周鍊霞另有《自题斜倚熏笼坐到明图》云："多情只有熏笼火，抱得温黁慰夜寒。"也可为旁证。

南乡子 羊毛衫

细肋卷柔毛。一片蒙茸入剪刀。织就天衣无迹缝，寒宵。胜却帘前赐锦袍。　　轻暖百宜娇。浅护蜻蜓短衬腰。宽窄随心多熨帖，能描。胸次峰峦簇簇高。

（香港《大公报》1956.2.7）

按：此词仍为周鍊霞"消寒九咏"之一。"九咏"刊于《大公报》者，除"熏炉""羊毛衫"外，尚有"手笼""鸭绒被"，实不足九种之数。"手笼""鸭绒被"已辑入《无灯无月两心知》，兹不重录。

虞山绝句 桃源涧采赭石

桃源涧畔倚长风，山石红于九月枫。取向画图添活色，不辞多贮锦囊中。

上海"美协""文联"组织各画种作家，分向各地写生，二月廿九日虞山之行，吾亦与焉。由常熟"文联"招待向导，分组活动，吾属第五组，仅组长一男，当时呼之为"独养儿子"。下午访言子墓，登辛峰亭，止于桃源涧，涧水已涸，石坡斜滑，色如胭脂，产赭石甚佳，同人采作画材，一时袋中累累。下山窄径乱石，乌皮靴虑倾滑，乃张臂扭躯，如走绳索，是即白蕉戏呼为"下山舞势看周娘"者也。"

（香港《大公报》1956.4.12）

按：白蕉《下山舞势看周娘——虞山行之一》（《白蕉文集》，东方出版中心2018年）云："鍊霞脚下穿的是革制乌靴，爬山就不免受到些影响。中途憩在石上，等我们回来。当一同下坡的时候，她走在前面，提心吊胆地到了山脚，我们看了她下坡的情形，笑说她创造了一种舞蹈姿势……灯下成日记诗……眼明选石桃源涧，归路浑忘是夕阳。窄径乌靴循乱石，下山舞势看周娘。"

虞山绝句　兴福寺

清晨古寺抚碑文，潭影空明洗垢氛。结伴来寻新画稿，芒鞋踏破一山云。

三月一日晴和，坐人力车至山脚，向农家买得草履，始能放步。兴福寺古名破山寺，建于齐梁时，相传白龙与黑龙斗，破山飞去。寺内唐桂犹存，宋梅只余骸骨，寺后有空心潭、空心亭，藏米芾书常建诗"山光悦鸟性，潭影空人心"石碑，中午饭于王四酒家，觅画征吟，至日斜始返。

（香港《大公报》1956.4.12）

按："王四酒家"原报作"五四酒家"。按王四酒家系常熟老牌名店，尤以叫花鸡、桂花酒闻名。当为形近而讹。

虞山绝句　舟泊烧香浜

春寒潮落水田高，柔橹声中第几桥。泊近山根容想象，当年多少佛香烧。

三月二日天阴转寒，因隔宵"文联"请全体同人观越剧，剧名"打金枝"，为昆曲家张传芳所导演，故较旧越剧精彩多多。归宿舍已子夜，致是日晨起甚疲惫，幸改行水路，船小人多，尚为和暖，吾倚舱假寐，如坐大摇篮，约三小时，始泊于烧香浜。

（香港《大公报》1956.5.4）

虞山绝句　上山

玉版银毫各在身，要从造化学传神。上山千仞崎岖路，健步蛾眉不让人。

舍舟登陆，仰首即是剑门，少数男伴在山下写生，而女伴多不肯跋涉，留在船内，仅吾与应芊芊（洋画系）不甘示弱，各负画具上山。

（香港《大公报》1956.5.4）

按：上二首刊于5月4日，但与4月12日和4月18日所刊内容前后衔接，当为初刊时遗漏，故移至此。

虞山绝句　剑门

剑门一望豁灵襟，满袖天风寒意深。入画江山新绣出，丹青如线笔如针。

山径崎岖，极为费力。既达剑门峰顶，俯视陡峭千寻，水田百里，红泥白石，灰瓦翠秧，如饰彩袈裟，如回文锦绣，写入画中，极壮丽之致。惟时东北风甚厉，着重棉如单，颇有高处不胜寒之感。

（香港《大公报》1956.4.18）

虞山绝句 馒首

为贪山色欲忘饥,馒首堆盘当午炊。不得酱时休不食,而今鼓腹合时宜。

报国院比丘仅七人,余皆下山生产,且非游春之时,故无客馔。由文联备馒首,借香积厨蒸熟,江寒汀携小罐辣酱,一抢而空。斯时有二女伴,相继上山,但进食甚少,恐腹大不雅,或谓今日应向老大姊看齐,以腰腹肥大为健康美也。

(香港《大公报》1956.4.18)

虞山绝句 采笔

石悬欲坠云扶住,树老多姿蚁食空。山径久荒来小队,一时采笔夺天工。

山上多石,作砚块皴,高峰有磐石如人工所置,其半伸出凌空,似欲下坠;又有古柏,心已蚀空,用水泥封补,而枝叶犹茂,一若怒张须发之老龙,甚饶画意。在此山中,除村童负筐捡茅柴落叶者外,仅吾等向大自然学习之小队画工耳。

(香港《大公报》1956.4.21)

虞山绝句　下山

陡峭下山山路险，恨无屐齿得平衡。腰旋臂舞回风步，可似何郎（白蕉姓何）八字行。

  吾等走山路都无经验，初时气喘如牛，后从锻炼中找得"窍门"：遇石坡每上一级，从左至右，平行二三步，再上第二级，则从右至左，平行二三步；如是迂回曲折，可以节劳，不必中途休息。至兴尽下山，面临陡峭，足势下倾，身如一江春水，不能少停，于是又产生许多新步法：或横而下如蟹行，或坐而下如滑梯，油画家张充仁拄杖，如铁拐李乘船，白蕉摆八字步，如卓别林演戏……回至船中，顾飞曰：观尔等上山如背纤，弯腰曲背，下山如跳舞，变化无穷。

（香港《大公报》1956.4.21）

虞山绝句　雪中归车

碾碎琼瑶未可留，飙轮回首失层楼。丹青不识情天老，却笑虞山白了头。

  三月三日大雪，除少数人上山画雪景，余则参观图书馆、文化馆及公园。中午买得十余斤之大鱼头一只，十二人醵饮甚欢。下午市长来参观画稿，并征提意见，吾等三句不离本行，提出修葺王石谷墓及祠堂，装裱图书馆破旧书画等等，都全部接受。旋送吾等至车站，同人鼓掌鸣谢，车中较来时拥挤，盖大都携土产，江寒汀与白蕉则携怪石两大篮，俾制盆景，或笑其愚公移山，亦不以为忤，但回首指点曰："虞山也要白头，人有童心，方可不老。"

（香港《大公报》1956.4.26）

虞山绝句　车中侠臣以烟斗属赋

参透诗禅与画禅，天教吐属有云烟。闻香便觉心先醉，一斗长温胜酒泉。

众以纸牌作游戏，吾不谙此，惟闭目凝神，侠臣（名画家唐云字）恐吾睡去受凉，乃出烟斗属赋诗，如立就当饷吾以佳酿，否则反是。吾沉吟有顷，口占廿八字，唐欣然谓将刻在烟斗上，留一纪念，五百年后，定有人觅去当古董收藏，正如最近所得石涛赠八大之画一般可贵。同人则谓不必待五百年，今天大家都愿意觅去收藏，将来当古董卖，语罢相与大笑。笑声未已，车外已见上海灯火。

（香港《大公报》1956.4.26）

题还轩词存

唾碧愁红一往情,凄凉如听旧箫声。人间何处无明月,廿四桥边分外清。

按:此诗手迹由朱昌文先生提供,诗题为编者拟。诗后款云:"石老示以《还轩词存》,赋此题后,并希教正。丁酉岁草,鍊霞。"按丁宁,扬州女词人,所著《还轩词存》有丁酉年(1957)油印本。

题市区三化图

少先队员红领巾,课外劳动件件能。绿化市区干劲足,处处展开翡翠屏。更要采化兼香化,各类香花种植勤。小弟小妹也学习,一例欣欣多向荣。东风满地开红花,上海变成锦绣城。芬芳美丽赛图画,人人都在画中行。画中行,齐歌唱,歌唱社会主义好,和平幸福长光明。

按:此诗录自上海中国画院所藏《市区三化图》,诗题为编者拟。诗后款云:"一九五八年鍊霞画并放歌。"所谓"三化",即诗中所云"绿化""采化""香化"。

题蔬笋樱桃图

春雨晴时蔬笋足,尝新又报樱桃熟。红是珊瑚黄是金,碧于翡翠白于玉。江南风味脆而甘,田野丰登歌且乐。难画宝山无尽藏,但听人人道口福。

按:此诗录自编者所藏周錬霞画作照片,诗题为编者拟。款云:"一九五九年四月錬霞并题。"

醉花阴

轻暖轻寒新雨后。检点衣衫旧。织就未多时,半染脂痕,半染杭州酒。　越罗疏薄兰绒厚。别样襟和钮。朵朵水红花,对对文鱼,簇簇黄金柳。

江南初夏,乍暖还寒,此时最难将息。宜以丝织品作内衣,外加毛线衫,便于随时着卸。毛线原料产自西北,质地柔厚,色泽鲜明。尝手制一袭,双肩织垂柳,前襟绣神仙鱼,间以落花,颇觉调和脱俗。

(香港《大公报》1959.6.15)

按:此词亦见香港《万象》(1975年9月)。词中

"疏薄",《大公报》原作"轻俊",从《万象》。

题潘静淑绘绿萼梅吴湖帆补红梅

天风一夜绽寒香,翡翠珊瑚斗雪光。不向山中寻鹤伴,老逋今亦爱鸳鸯。

(上海博物馆藏《梅花喜神谱》)

按:此诗亦见上海图书馆藏吴湖帆手稿《佞宋词痕卷十》,约作于20世纪50年代末。诗题为编者拟。事见《吴湖帆与周錬霞》。

题长风公园写生

银锄湖上柳千条,山影涵波铁臂摇。笑语歌声成一片,轻舟送过石阑桥。

按:此诗录自编者所藏周錬霞画作照片,诗题为编者拟。款云:"一九六〇年春三月錬霞长风公园写生。"

二按:长风公园位于沪西,园内湖名"银锄",山名"铁臂",盖取毛泽东《送瘟神》"天连五岭银锄落,地动三河铁臂摇",故诗中及之。

题人工降雨图

新东机械降甘霖,彩虹飞上天之宇。田里染得绿油油,田边乐煞老姥姥。从前闻所未曾闻,今日居然亲目睹。扶着身旁孙女儿,但愿再活七十五。

  按:此诗录自编者所藏周鍊霞画作照片,诗题为编者拟。款云:"一九六三年冬日鍊霞并题。"

菩萨蛮

春耕处处忙相竞。人人鼓足冲天劲。白发与雏鬟。那输青壮年。　　金黄堆作陇。稻谷留佳种。细选更勤挑。丰收节节高。

  按:此词录自编者所藏周鍊霞画作照片。款云:"一九六四年春耕选种,鍊霞写于宝山罗店并题。"

丙辰人日兼庐雅集和主人韵

荷沼城南画里归（君生日在六月，予曾为作城南观荷诗梦图），而今八十未为稀。清尊对客延醒醉，好句凭君定是非。泉水在山心不竞，云烟落纸兴无违。婆娑老子春风笔，四壁花光锦作围。

（艺是网拍——近现代名人手迹暨周鍊霞遗珍专场）

按：兼庐，即陈声聪之兼与阁，周鍊霞乙卯（1975）曾为陈绘《观荷诗梦图》，题画词已辑入《无灯无月两心知》。

再叠前韵为主人寿

兼庐宾至喜如归，谁道殊乡乐事稀。万象试看今胜昔，八荒至竟是催非。扶鸠大耋春长在，绣虎仙才老不违。人日东风新酿熟，梅花香里坐成围。

（艺是网拍——近现代名人手迹暨周鍊霞遗珍专场）

叔子将归合肥有诗见贻三叠前韵酬之

愿化春泥滞誓归,江山多丽故人稀。胜缘两世兼师友,慧业三生证是非。白堕欲倾偏欲止,青萍相聚又相违。来年诗健人还健,莫把垂杨拟带围。

(艺是网拍——近现代名人手迹暨周鍊霞遗珍专场)

按:叔子,冒效鲁,冒鹤亭之子,时任教于安徽大学。"将归合肥",指丙辰(1976)春节后,冒效鲁将开学返皖也。

意有未尽四叠前韵

未到莺啼莫赋归,别时应想见时稀。回肠得酒如泉沁,只眼看花似雾非。容易青春携作伴,最难白首话无违。读书有福捐常课,深柳堂深绿四围。(盖有羡叔子近日能读书不上课也。)

(艺是网拍——近现代名人手迹暨周鍊霞遗珍专场)

蚕豆油菜花

翠叶丛中缀紫珠,名因蚕茧伴丝钩。金黄满地新油菜,同向东风晓露腴。

(艺是网拍——近现代名人手迹暨周鍊霞遗珍专场)

水仙二首

玳瑁精雕笔格山,新芽翠点玉弯弯。寒深多谢东风意,水上仙人亦破颜。

金盏银台有待时,无根益寿比灵芝。洛神只合陈王赋,惭愧螺川配小诗。

(艺是网拍——近现代名人手迹暨周鍊霞遗珍专场)

按:原稿阙题,诗题为编者拟。

题　画

湘漓桂岭景清幽,耸秀牵流一卷收。服道彩毫能缩地,江山千里曲肱游。

（艺是网拍——近现代名人手迹暨周鍊霞遗珍专场）

按：原稿阙题，诗题为编者拟。

清平乐

吟怀长健。湖石玲珑畔。嚼羽含商千万转。生小词人作伴。　　寻寻觅觅梅边。拈来好句天然。着个葫芦贮酒，浑疑铁拐神仙。

（艺是网拍——近现代名人手迹暨周鍊霞遗珍专场）

按：此词亦见胡亚光为钱释云所画《梅边觅句图》（北京泰和嘉成2013年秋拍），词后款云："丙辰长夏鍊霞题于上海。"据张联芳《钱释云的遗作》载："钱释云……有一次不慎倾跌伤足，卧床三月，愈后就成跛足……"故知词中"铁拐神仙"实有所指，非泛笔也。

题天女散花图

云中仙子映晴晖，万紫千红自在飞。欲为阿难消积习，天香容易着人衣。

> 按：此诗手迹由杨猛先生提供，诗题为编者拟。款云："鍊霞并题于螺川诗屋"。
> 二按：改琦题画诗亦有："九霄环佩带云飞，朱蕊瑶英任指挥。不是阿难多结习，天花容易着人衣。"（《朵云轩藏画选》）周鍊霞早年学画仕女，多从改琦入手，题诗亦每每仿之。有时仅易数字，以应画意，自不可以周作视之。而此诗虽仍袭自改氏，却面目已换，且云"并题"，不妨以周作存之。

洞仙歌

风流子野，递梅坡消息。宋艳班香等闲摘。况千言倚马、只手雕龙，人世事，万态尽归诗笔。　　殷勤挑战起，惭愧空城，寸铁全无那堪敌。多病女相如、憔悴罗衫，原不是、梁园宾客。倘文字、推敲有前因，又何必相逢、定曾相识。

（唐吉慧《周鍊霞写词》）

> 按：唐吉慧先生提供周鍊霞致张开勋函云："张（读如姜）家伯：在大热天多谢您来探望我，留下萧老师的大作，并介绍他千言立就，万事成章，真使我又佩

服又感谢！承您看得起，命我再叠前韵……萧老师颇有挑战之意，只是我有自知之明：少年懒学，老大健忘，常要张冠李戴，往往闹笑话。所以对于萧老师磐磐大才，当然要退避三舍。但您云之再三，我又不能默尔无言，只好提出一些不太成熟的意见，这些意见如可用，则我'一得之见'，立个小功，否则还请雅量，勿责我吹毛求疵也可。最后您说要陪萧老师来看我，在理是应该欢迎之不暇，只是我在病中，天又太热，像我这样不梳不洗、不衫不履，怎能接待师长呢？岂不有慢客之嫌么？因而我婉谢了，而您气冲冲地走了，叫您也不回头，知道您一定错怪我搭什么豆腐架子，说不定一直气下去，那才罪过罪过。天下过雨，有些凉意。把我要说的话，写成小词，虽不是叠韵，总算用原韵。您出的题目没交白卷，还能给您消消气吧！同时请您多读几遍，就会觉得您认为怕碰的'词'，并不怎样'难碰'了吧？还是《洞仙歌》……一俟我病痊愈，当造府喝茶，因为您有杭州九溪茶，不像我两袖清风，什么也没有好的啦！最后再次向您致歉，并祝暑安……"

二按："风流子野，递梅坡消息"，即指张开勋介绍萧老师来唱和事。盖张子野，宋词人，借指张开勋；萧梅坡，宋诗人，借指萧老师。而周鍊霞多病憔悴，自比司马相如，与萧虽未曾相识，却不碍彼此之文字因缘耳。

咏光用一七体

光。
照户，穿窗。
竹见影，视生芒。
胜他灯烛，竟尔辉煌。
读书偷凿壁，乞火借燃香。
试问谁传锦字，却是堂堂乎张。
日月星辰不愁尽，青囊自有夜珠藏。

（唐吉慧《周鍊霞写词》）

按：诗题为编者拟。唐吉慧先生提供诗札中，有周鍊霞款云："拙斋命作一七诗，草成以应敎正，并请萧医师指谬。"信中"萧医师""萧老师"，即《拙翁翰墨》中与张开勋唱酬极多之萧光敏。萧光敏，号臯翁，圣约翰大学医学博士，擅诗词，喜操缦，尤精棋道，著有棋谱多种。艺是网拍"近现代名人手迹暨周鍊霞遗珍专场"（2022.4.14）中，即有萧光敏请张开勋转致周鍊霞诗札多幅。

二按：唐文"堂堂乎张"误作"堂堂平张"。此句实本《论语》"堂堂乎张也，难与并为仁矣"，借指拙斋主人张开勋。

单调采桑子

一生愿作园丁老，铁砚磨穿。纱幔经传。桃李成阴识子贤。

沉疴摧肺抛心血，千尺桃潭。只泛孤鸶。椎髻垂髫并断肠。

一唯几例从今失，次第诗书。待付谁渠。淡墨横斜与泪俱。

按：沪上周退密先生曾致函张止堂兄云："承惠赐《无灯无月两心知》一册，至为感谢。兹从丛残中检得1983年陈兼老手录《汪欣生挽章录》，内有炼师遗作，亟为抄录以供令友刘先生一阅……"周先生复作按语曰："《单调采桑子》第二首中'潭'字似出韵，恐当时炼师在悲痛中偶未及此耳。或虽注意而'桃潭'二字又无可改而任其如此也。"

二按：汪欣生即周炼霞的女婿，擅书能文，为沪上某校教师。1983年汪以疾殁，时周炼霞自美返沪，作联挽之云："千万里归来，匆匆一面，何期天上乘龙，人间泣凤；卅三年相处，抑抑多思，忍见经空绛帐，尘满东床。"事见郑逸梅《艺林散叶续编》。

冯嫽出使图

锦车施绣幰,汉室有威仪。三度使西域,一心安边陲。金戈未出塞,玉节先解围。团结诸民族,和戎胜利归。

(西泠印社2019年秋拍)

按:冯嫽,西汉女外交家,曾锦车持节,三使乌孙,和戎安边。周鍊霞为画"冯嫽出使图"。此诗录自题画草稿,款云:"甲子新春螺川鍊霞并题,时年七十又六。"

酬周采泉

云外风高归路迟,可堪君去我来时。何当掬取西湖水,洗净烦襟读好诗。

华年百五人双璧,眉样三分月半弯。万里归来闻喜讯,如何一面竟缘悭。

(张炳勋《螺川女史佚作掇拾》)

按:诗题为编者拟。据张炳勋先生文载,周鍊霞1985年致函周采泉云:"采泉同志:您好!接到来信,快如良晤。记得你曾在1977年3月27寄来《金缕曲》一阁，还说将填《金缕百咏》赐下，但一直未见。后在逸梅先生信后附言，问我'铸雪'出典。我因找不到其典，又不知你在何时退休，迁居何所。以后偶闻陈兼于先生谈及，便托其代为致候。只听说你正在令嫒处养病，故不敢打扰。直至我返沪时见到你留下字条，已是第五日，大驾已离沪，颇为怅惘。曾写七绝一首，因不知尊址，而置之高阁者久矣。今犹可忆，录以补奉如下，以待正谬……"

二按：信函又云："至于你托莲坨老人转讯，我未曾收到，大约他老病忘却。现在你自言"巧立名目"征诗，似无前例，只知自木婚至钻婚，有许多可资纪念和重谐花烛。今以贤伉俪百五生朝为题，又不给我故实材料，颇难讨好。兹勉为其难，只成如"流水账式"之四句如下……不知能塞责否？希指正是幸！（如可用请示知，当录上宣纸，但是似应写上尊夫人芳名成双为是。）"

影画留痕

画作

扑蝶仕女 一九四二 上海崇源二〇〇三年联拍

周鍊霞的诗文影画 150

红叶催诗 一九四四 上海驰翰二〇一五年春拍

影画留痕　151

倚梅仕女　一九四五　上海天衡二〇〇五年春拍

周鍊霞的诗文影画 152

保卫和平 一九五一 天津文物二〇〇六年秋拍

影画留痕 153

清夜吟诗 一九五三 北京保利二〇一四年秋拍

周鍊霞的诗文影画　154

荷花鸳鸯　一九五三　上海朵云轩二〇一四年春拍

影画留痕 155

绿蕉仕女 一九五三 上海朵云轩二〇一四年春拍

影画留痕 157

荷花蜻蜓 一九五四 广东崇正二〇一八年春拍

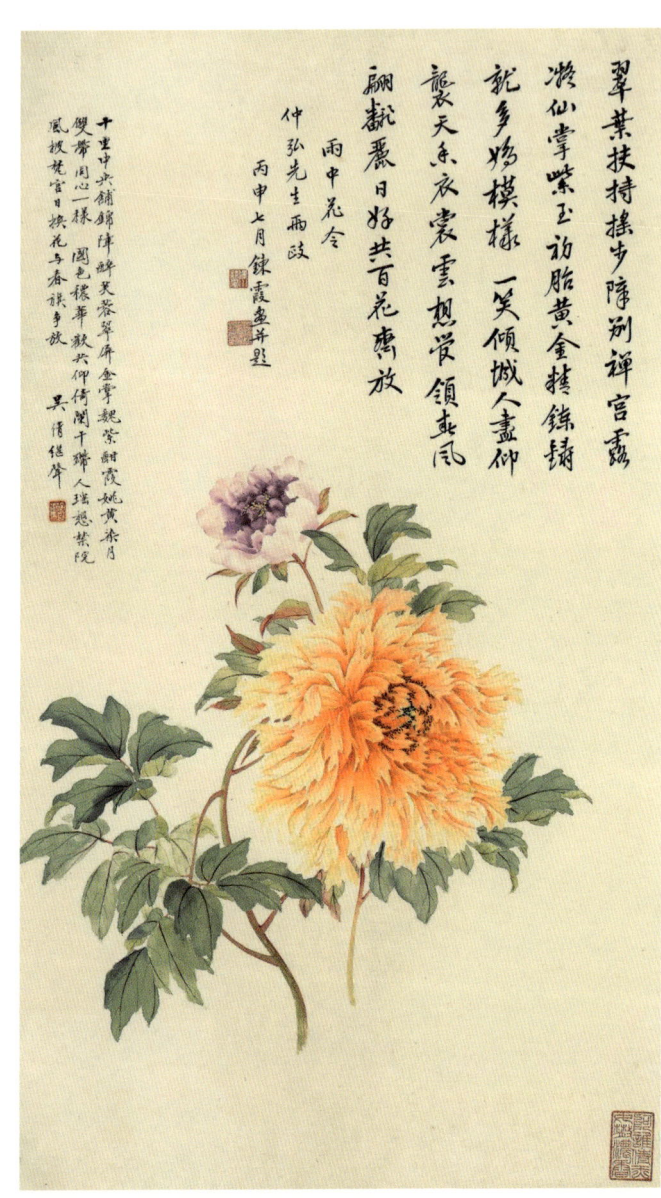

姚黄魏紫 一九五六 广州华艺二〇一八年秋拍

影画留痕　159

孔雀　一九五六　上海大众二〇〇六年春拍

周鍊霞的诗文影画　160

唐宫人制将士寒衣　一九五七　上海中国画院

影画留痕　　161

新凉消暑　一九六一　广东崇正二〇一八年春拍

周鍊霞的诗文影画　162

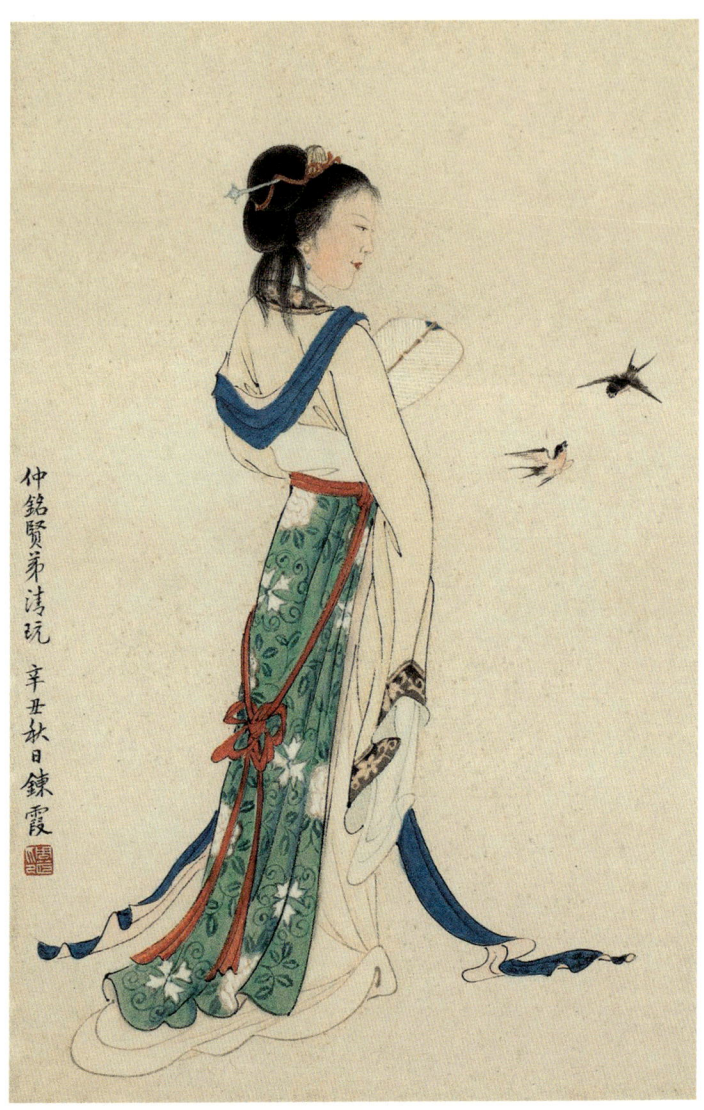

仕女　一九六一　北京诚灏二〇一二年春拍

影画留痕　163

纨扇仕女　一九六六　上海嘉泰二〇〇五年春拍

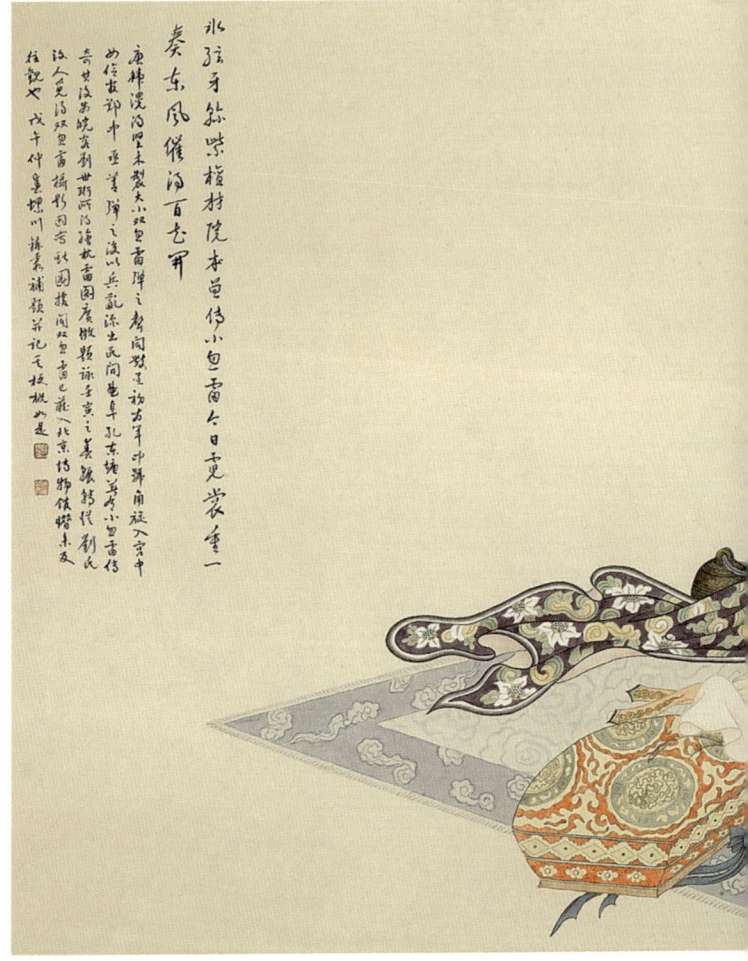

小忽雷　一九七八　徐汪瑒提供

吹箫引凤　一九七九　北京保利二〇〇六年春拍

蕉窗看花　一九七九　徐汪瑒提供

卷帘仕女 一九八〇 徐汪玚提供

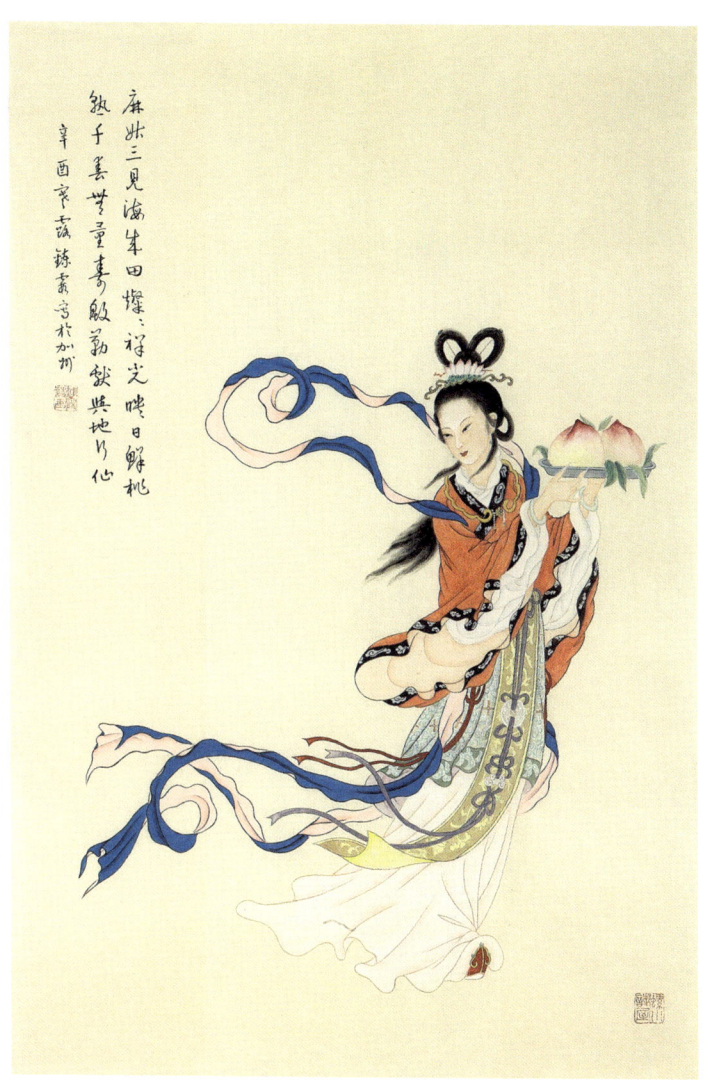

麻姑献寿 一九八一 徐汪玚提供

周鍊霞的诗文影画　170

梅边吹笛　一九八一　徐汪玚提供

影画留痕 171

折梅仕女 一九八一 徐汪旸提供

周鍊霞的诗文影画　172

文姬修史　一九八四　北京保利二〇一一年精拍

影画留痕 173

硕果 一九八四 上海中国画院

影像

以下照片由广东崇正拍卖公司提供

部分照片名系编者所拟

人坐花扶

周鍊霞的诗文影画　176

回　眸

影画留痕 177

几回妆罢倚阑干

花面交相映

解缆待发

在水之湄

郊野小憩

洞天福地美人来

有所思兮

折取一枝春正好

隔花人不远

林下风

影画留痕 187

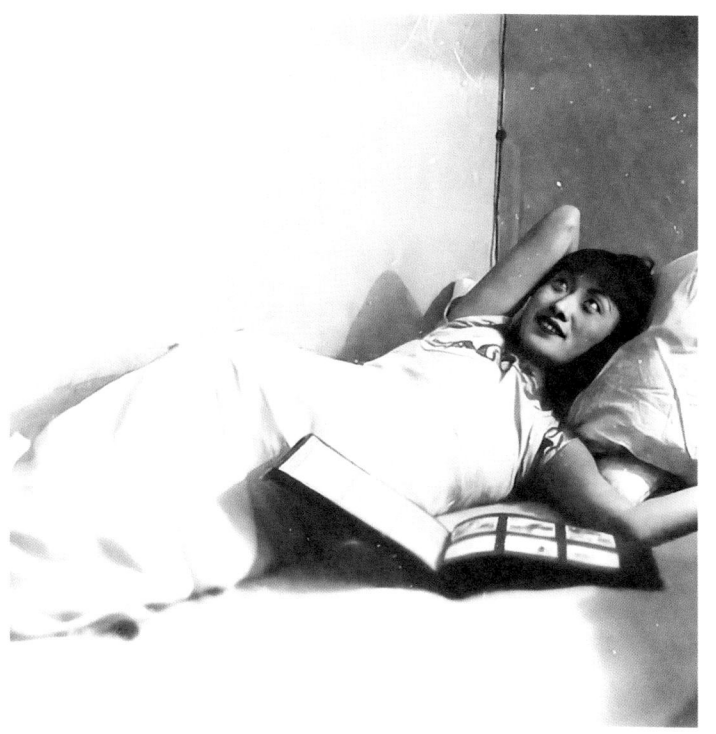

倦 卧

胜 游

影画留痕 189

画债初偿

脉脉凝仁

善 睞

皓齿发清歌

含情双玉珰

璎珞衬仙裳

影
画
集

周鍊霞的诗文影画　196

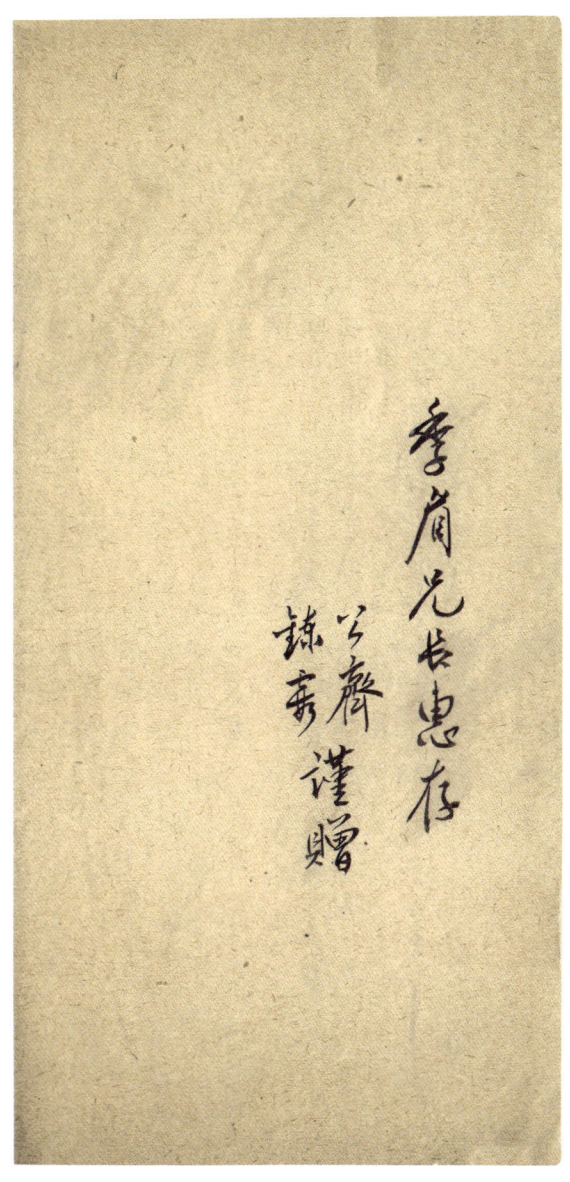

季眉先生惠存

兮齋

錄壽 謹贈

目錄

叢竹……………十四
讀書秋樹根……十三
吻花……………十三
晚村煙雨………十二
拈珠……………十一
寒城朝霧………十四

攝影

柳橋春色………五
蔬果……………四
花卉草蟲………三
山水……………三
明妃出塞………二
花好月圓………一

橋下……………十七
睞………………十六
待渡……………十五
足痛……………十五

高閣凌雲………十
蝴蝶……………九
芙蓉鴛鴦………八
紅葉狸奴………七
春林雙燕………七
葡萄絡緯………六

國畫

目錄

晨光	一二
天平山麓	一三
戲水	一三
天平山上	一三
范墳前紅樹	一二
天平山下	二一
晨汲	二〇
晚風叢蘆	二〇
懺悔	一九
疎林衰柳	一八
閑立	一八
斜陽人獨立	一七
蘇州觀音山麓	三〇
摘蓮	三〇
密約	二九
入市	二八
夜泊	二八
清波照影	二七
建築美	二七
寒柯	二六
橫塘微步	二五
蠟炬成灰淚始乾	二五
雞	二四
春蠶到死絲方盡	二四

1

2 明妃出塞

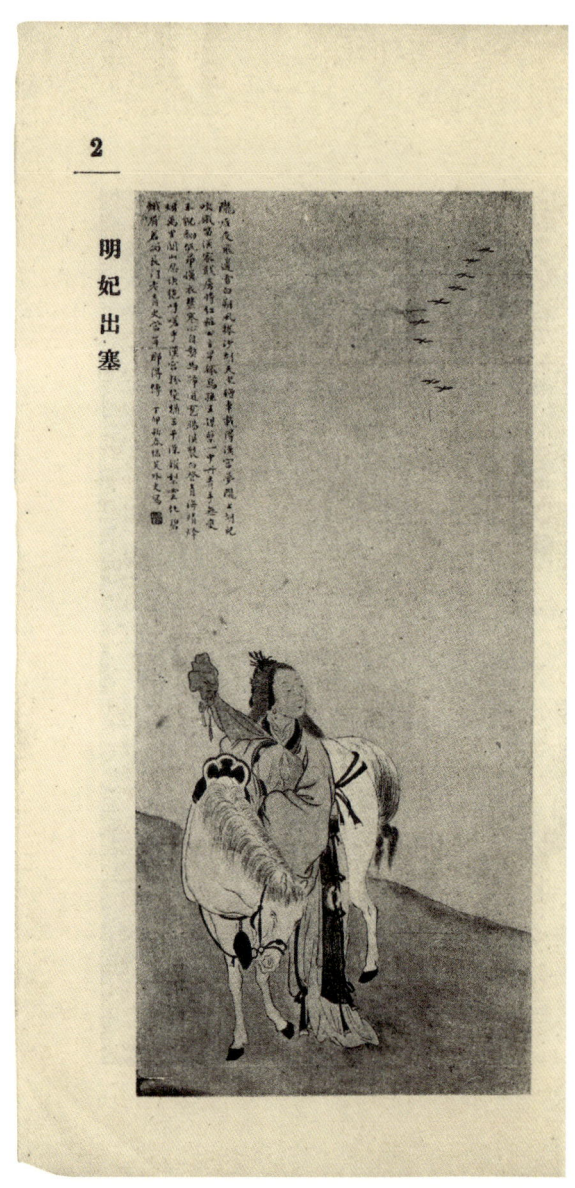

3

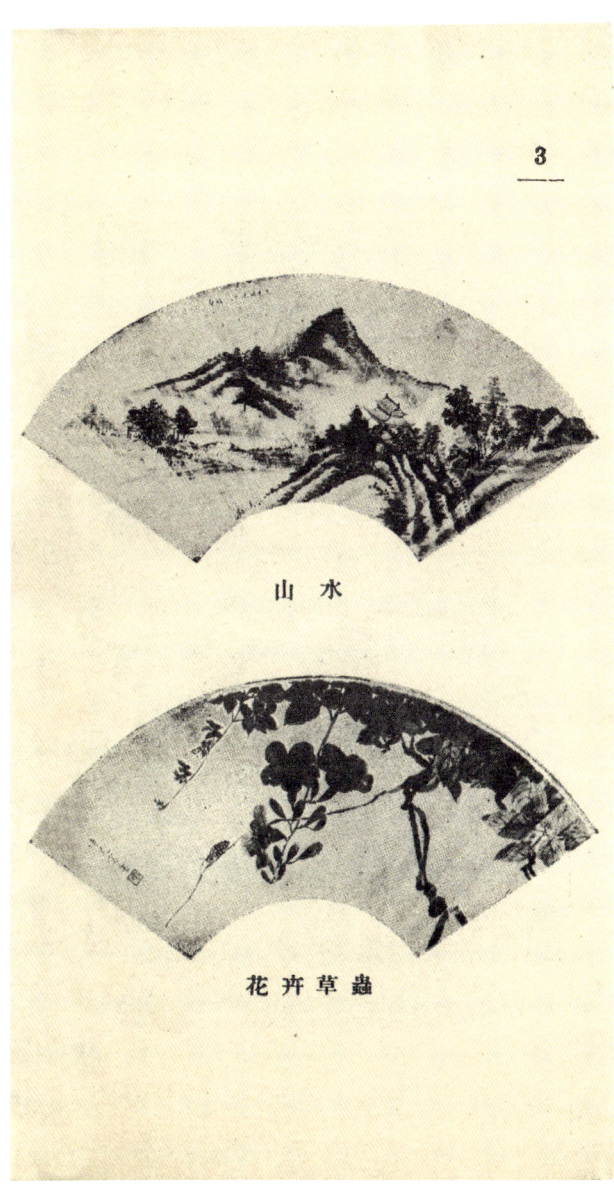

山水

花卉草蟲

4

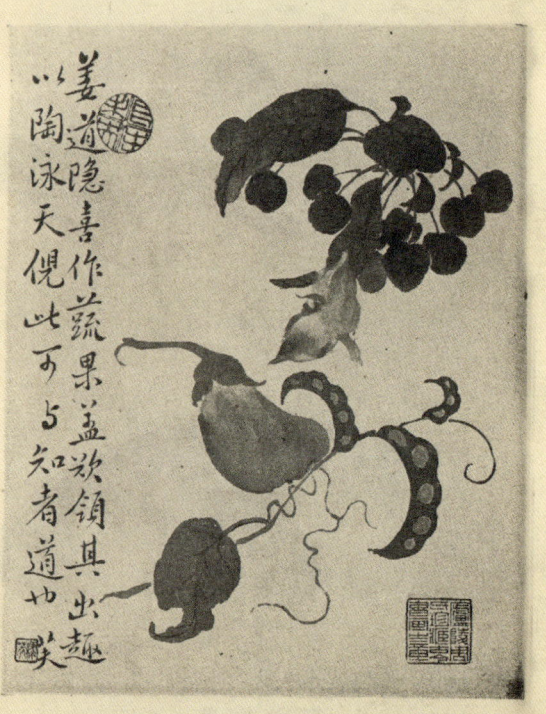

蔬果

6
———

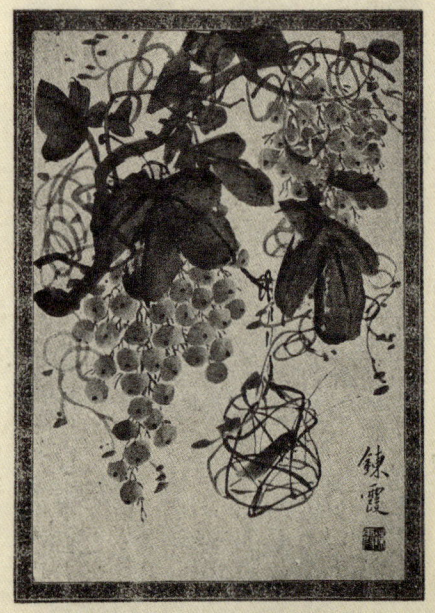

葡萄絡緯

影画留痕 207

7

燕雙林春
奴狸葉紅

周鍊霞的诗文影画 208

8

影画留痕 209

9

蝶

周鍊霞的诗文影画　210

10

高閣凌雲

拈珠

周鍊霞的诗文影画 212

12

晚村烟雨

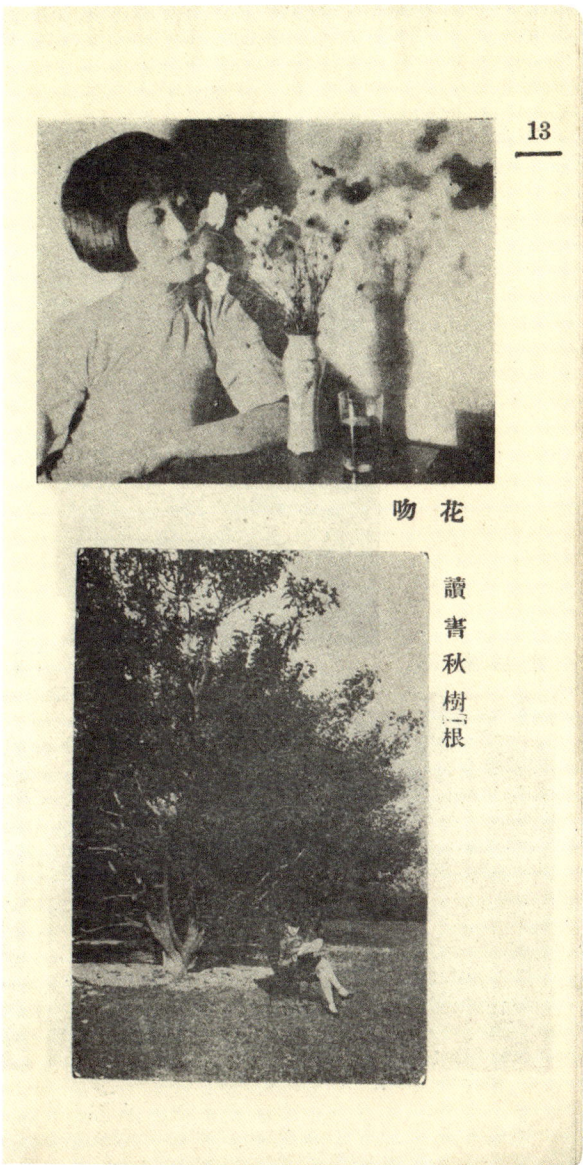

花吻

讀書秋樹根

14

叢·竹

寒城朝霧

15

足痛

待渡

16

睞

影画留痕 217

橋下

斜陽人獨立

18

閑立

懺悔

周鍊霞的诗文影画 220

晚風叢蘆

晨汲

影画留痕 221

21

天平山下

范坟前紅樹

周鍊霞的诗文影画 222

22

天平山上

戲水

23 天平山麓　晨光

周鍊霞的诗文影画　224

24

——春蠶到死絲方盡——

雞

影画留痕 225

25

———蠟炬成灰淚始乾———

微步

26

寒 柯

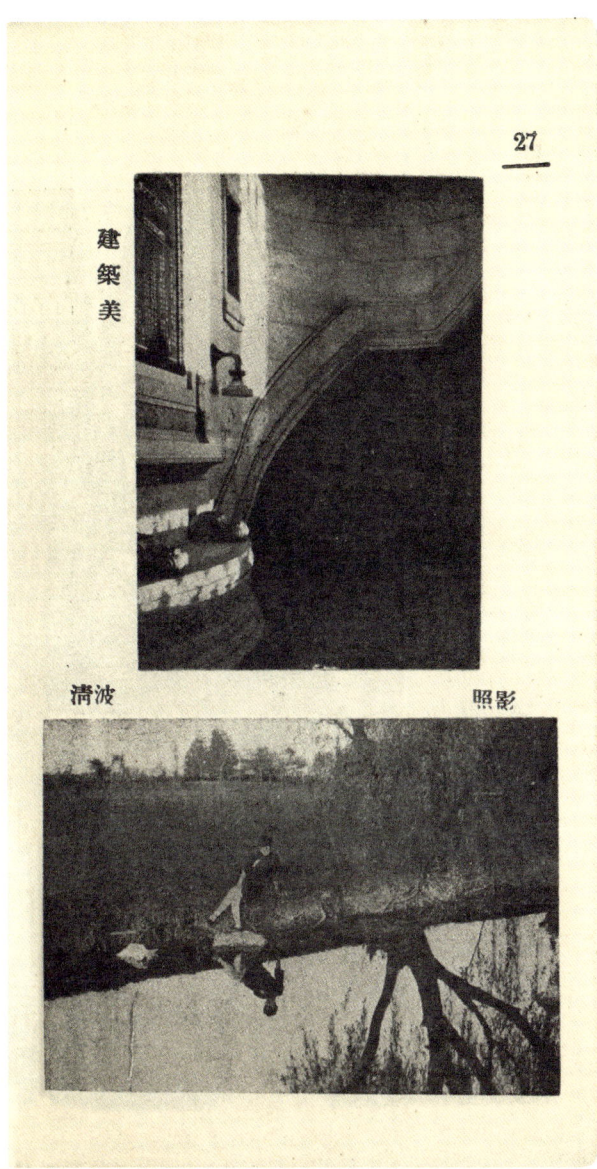

建築美

清波 照影

周鍊霞的诗文影画 228

影画留痕 229

密約

周鍊霞的诗文影画　230

30

摘蓮

蘇州觀晉山麓

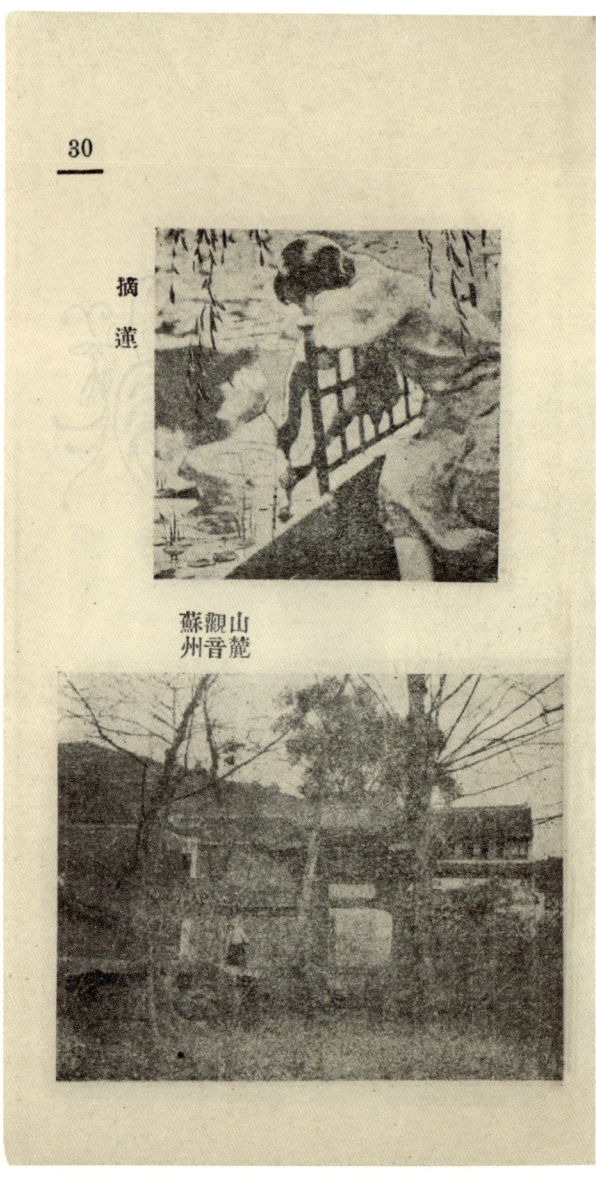

<注意> 距離遠近，務須正確！

題名	頁數	光圈	感光	月份	時間	地點	備註
斜陽人獨立	一七	八	二五	十一月	下午五時	兆豐公園	夕陽西墜餘光斜照
橋下	一七	六・三	五十	一月	上午九時	鄉間	日光適中尚有餘霧
睞	一六	四・五	五十	十一月	上午十時	西湖三潭印月	日光頗強
待渡	一五	四・五	五十	四月	上午十一時	嘉定城外	朝霧未散光線甚亮
足痛	一五	八	二五	十二月	上午七時	西湖	入在樹下光極強
叢竹	一四	四・五	二五	三月	下午四時	隱虹口公園	日光適中
讀書秋樹根	一三	一一	五十	九月	上午十一時	西湖	日光適中
吻花	一三	六・三	廿五秒	十二月	夜	室中	用電燈一百支光
晚村煙雨	一二	四・五	五	國曆十二月	下午四時	鄉間	天色迷濛煙雨甚濃
拈珠	一一	六・三	二五	月份	下午三時	兆豐公園	日光薄弱

〈注意〉距離遠近，務須正確！

題名	頁數	光圈	感光	月份	時間	地點	備註
晨光	二三	六・三	十	六月	上午六時	四川路橋	朝霧未散
天平山麓	二三	八	十五	十一月	下午三時	蘇州	旭日初上
戲水	二二	一	二五	十一月	下午三時	兆豐公園	日光適中
天平山上	二二	六・三	十	十一月	下午二時	蘇州	天色細雨初明霽
范墳前紅樹	二一	六・三	十	十一月	下午二時	蘇州	天色細雨初明甚霽
天平山下	二一	四・五	五	十一月	上午八時	蘇州	天色細雨無風猶明
晨汲	二〇	八	二五	一月	下午三時	嘉定南門	朝霧正濃
晚風叢蘆	二〇	一	一百	十一月	上午十二時	西湖隱靈	日光適中
懺悔	一九	四・五	一五	三月	上午十時	西湖隱靈	日光頗強
疎林衰柳	一八	一	二五	十一月	下午四時	兆豐公園	斜陽滿地
閒立	一八	八	五十	國曆五月	下午三時	江灣葉園	日光甚強

2

<注意>距離遠近，務須正確！

題名	觀音山麓	摘蓮	密約	入時	夜泊	清波照影	建築美	寒柯	橫塘微步	雞	春蠶螢炬	題名
頁數	三〇一	三〇	二九	二八	二八	二七	二七	二六	二五	二四	二四五	頁數
光圈	一一	四・五	八	四・五	四・五	八	一一	六・三	六・一	四・五	六・三	光圈
感光	十	五十	二五	一百	十	五十	一秒	十五	五十	五十	廿五秒	感光
月份	十二月	七月	十月	二月	二月	七月	八月	十二月	九月	國曆一月		月份
時間	午時	下午三時	下午十時	上午八時	下午四時	上午七時	上午七時	下午三時	下午三時		夜八時	時間
地點	蘇州	西湖蘇隄	虹口公園	鄉間	鄉間	虹口公園	郵政總局	嘉定城內	虹口公園	鄉村河邊	室中	地點
備註	光線灰澹	日光強烈綠陰為障	日光顏強	光線灰澹	光線朝霧甚濃	雲過處日光射出	日光射入自窗	日光透入甚強	光線朝霧初散	日光濃甚攝於樹下	正片白晴色匀 用支電光一百五十	備註

4

▲總收件處▼

▣收件處▣

上海寗波路天保里底北南林裏西四弄第三〇五號墜紅出版社

堂及各大箋扇莊。

上海文華堂。五馬路古香室。帶鈎橋九福

上海南京路抛球塲怡春堂。河南路九華

徐綠芙畫例

花卉減半山水同例	
扇冊	每件四元
手卷	每方尺六元
橫幅	照堂幅加半
屛條	照堂幅七折
立軸	照堂幅八折
堂幅	尺以上另議 每尺六元五

周鍊霞畫例

山水人佛仕女加倍	
扇冊	每件三元
手卷	每方尺三元
橫幅	照堂幅加半
屛條	照堂幅七折
立軸	照堂幅八折
堂幅	尺以上另議 每尺三元六

○絹不應

○油絹劣取件

○約期

潤後墨中先及絹加金箋

摹另議。臨

細者另議

極工品加倍

成點

墨費一

文華！文藝之華！

☐ 優美的文藝，供人欣賞
☐ 嬌豔的鮮華，令人慕懷！

▲美化和藝術化的月刊

▲月出一冊，實售大洋三角，每期又有中國說部名作隨封優上的時雜色套。

▲內容有事時新聞片，及美術仕女等精照，彩色版紙物，及插圖等等。

人的出版物，名畫都可做你們的心靈上隨時的慰藉地，面的美啊！

歡迎推銷

總發行所——文華美術圖書印刷公司
（上海虹口吳淞路密勒路口久耕里）

分售處——各省各縣及南洋各大書局

影画留痕　237

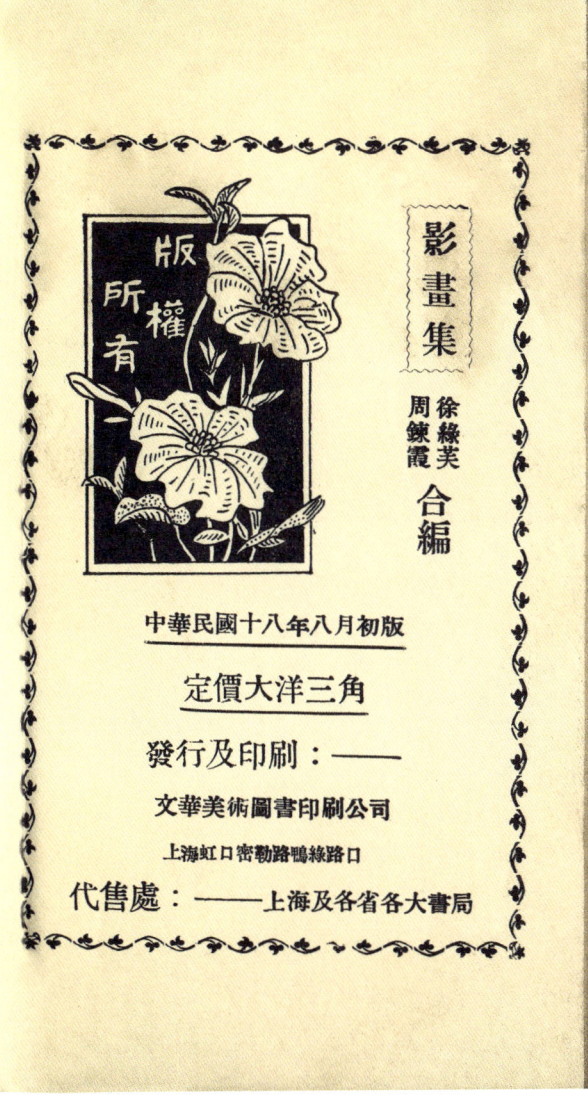

影畫集

徐綠芙
周鍊霞 合編

中華民國十八年八月初版

定價大洋三角

發行及印刷：——

文華美術圖書印刷公司

上海虹口密勒路鴨綠路口

代售處：——上海及各省各大書局

图书在版编目（CIP）数据

周鍊霞的诗文影画 / 刘聪编. -- 杭州：浙江人民美术出版社，2024.4
 ISBN 978-7-5340-7321-2

Ⅰ.①周… Ⅱ.①刘… Ⅲ.①文艺－作品综合集－中国－当代 Ⅳ.①I217.2

中国国家版本馆CIP数据核字(2023)第216847号

责任编辑　余雅汝
责任校对　张金辉
责任印制　陈柏荣
封面设计　真凯文化

周鍊霞的诗文影画

刘　聪　编

出版发行	浙江人民美术出版社
地　　址	杭州市体育场路347号
经　　销	全国各地新华书店
制　　版	杭州真凯文化艺术有限公司
印　　刷	浙江海虹彩色印务有限公司
版　　次	2024年4月第1版
印　　次	2024年4月第1次印刷
开　　本	889mm×1194mm　1/32
印　　张	8.125
字　　数	150千字
书　　号	ISBN 978-7-5340-7321-2
定　　价	68.00元

如发现印装质量问题，影响阅读，请与出版社营销部联系调换。